Ellvarín 1
Stein der Macht

Tanja Kroneberger ist eine der drei Autoren und schreibt unter dem Namen Jerry Blue. Sie wurde am 25.12.1998 geboren und lebt seitdem in Hessen. Sie liest für ihr Leben gerne und ist dadurch auch zum Schreiben gekommen. Seit sie zwölf ist schreibt sie schon eigene Geschichten und veröffentlichte schon einige auf FanFiction.de. Sie lässt sich gerne von Tolkien und seinen Nachfolgern inspirieren. Sie schreibt jedoch nicht nur Bücher, sondern hat auch schon ihren ersten Film gedreht. Momentan geht sie noch in die Schule. Wenn sie fertig ist, kann sie sich vorstellen Autor zu werden.

Alicia Becker wurde am 9.07.1998 geboren und lebt in Hessen. Ihre Hobbys sind hauptsächlich lesen aber auch reiten und Klavier spielen. Ihre ersten Geschichten schrieb sie bereits mit 12 Jahren. Auch auf FanFiction hat sie mittlerweile mehrere Geschichten veröffentlicht. Ihre Inspiration holt sie sich hauptsächlich aus Fantasy-Büchern. 2015 macht sie ihren Realschulabschluss und möchte danach gerne Abitur machen.

Ich bin Robin und Schüler an der Main-Taunus-Schule. Meine Interessen sind natürlich lesen, Kampfsport und Videospiele. Der Stein der Macht ist mein erstes größeres Schreibprojekt, worauf die anderen Autoren und ich sehr stolz sind. Fantasie und Science Fiction sind für mich schon immer überaus interessant gewesen. Das Schreiben ist ein Hobby, das schon früh begonnen hat und immer noch gerne von mir weitergeführt wird."
Robin Teichmann

Jerry Blue
Alicia Becker
Robin Teichmann

Ellvarín 1

Stein der Macht

Bibliografische Information der Deutschen Nationalbibliothek:
Die Deutsche Nationalbibliothek verzeichnet diese Publikation in der
Deutschen Nationalbibliografie; detaillierte bibliografische Daten
sind im Internet über http://dnb.dnb.de abrufbar.

© 2014 Jerry Blue, Alicia Becker, Robin Teichmann

Illustration: **Tanja Kroneberger**

Herstellung und Verlag: BoD – Books on Demand, Norderstedt

ISBN: 9783734747816

Inhalt

Personen 9
Versammlung der Völker 13
Der Aufbruch 22
Flucht! 28
Wüstengeister 38
Die zerfallene Stadt 45
Schuldgefühle 51
Flug durch die Lüfte 54
Geheimnisvolle Höhlen 65
Magie 69
Überquerung 73
Verbitterung 81
Düsterwald 85
Unerwünschter Besuch 90
Der Stein der Macht 97
Erinnerungen 102
Neue Feinde 106
Alles verloren? 116
Sicherheit und Gefangenschaft 124
Die Rückkehr des Generals 131
Aufbruch Richtung Norden 140
Vereint 145
Die Wölfe 153
Die Schlacht beginnt 158
Jedes Schicksal ist anders 169
Abschied 175
Vergangenheit 178
Krönung 185

Personen

Elben

Leivan	König der Elben
Elranah	Beste Freundin von Lauriél und Gestaltwandler. Sie ist blond, groß und die beste Kämpferin in der Gruppe.
Aurelia	Schwester von Elranah. Sie ist schnell und geschmeidig mit ihren beiden Säbeln und sie hat rote Haare. Manchmal ist sie sehr frech. Sie stellt sich jedem Gegner.
Lauriél	Tochter von Leivan. Sie hat ein Tuch, das ihr Gesicht verhüllt und Locken, die leicht unter dem Tuch hervor kommen, und goldene Augen. (Pfeil und Bogen sind Ihre Lieblingswaffen)
Karlunah	Schwester von Lauriél. Sie trägt ein Kurzschwert und ist flink mit dem Dolch. Sie hat blonde Haare und sie ist die jüngste aus der Gruppe.
Erol	Früherer Soldat bei der elbischen Armee. Er wohnt im Düsterwald und kämpft gegen die Menschen.
Noran	Kapitän des 143. Schwanen Regiments

Lavenda	Erzfeindin von Lauriél und Verbündete von Leivan. Sie hat blonde Haare und kann nicht sehr gut mit dem Schwert umgehen.

Waldläufer

Sormina	kennt sich mit Pflanzen aus. Sie hat braune Haare. Sie ist eine Halb-Elbin und hat einen Bruder.
Marcus	gut in Fährten lesen und Jagen. Er hat braune Haare und ist einer der jüngsten aus der Gruppe.

Zwörge

	Sie sind einen Kopf größer als normale Zwerge
Daloon	starrköpfiger aber liebenswerter Zwörg. Er trägt eine Streitaxt und hat unterschiedliche Bart- und Haarfarbe.

Menschen

Lisa	Tochter von Lysander VI. Thronfolgerin. Sie hat blonde Haare
Eva	stammt aus einer Sklavenfamilie. Sie hat braune Haare und ist eine gute Kämpferin.
Lysander VI	Menschenkönig. Er ist ein etwas kleinerer Mann, mit braunen Haaren.

Gestaltwandler (Wölfe)

Amilia	Königin der Wölfe. Sie hat ein weißes Fell und befehligt alle Stämme der Gestalt-Wandler
Elranah	(siehe oben)

Kalte Wesen

Alona	Königin der kalten Wesen. Sie hat dunkle Haut und lila Augen
Yelice	Tochter von Alona. Sie hat ebenfalls lila Augen und etwas dunklere Haut

Versammlung der Völker

Es war kurz nach Mittag und viele Elben aßen oder schliefen im Schatten der Bäume. Eine größere Gruppe Elben und Zwörge lief schnell durch die Straßen in Al'fandel um noch rechtzeitig zu kommen. An diesen Tag sollte nämlich die große Krisensitzung des Landes Ellvarín stattfinden. Es waren Vertreter aller Völker anwesend und sie versammelten sich auf einer großen Lichtung. Es waren drei Nomadenstämme gekommen: einer aus der Wüste, alle wegen der vielen Sandstürme in Tücher gehüllt, einer aus dem Bergen, mit ihrer typisch leichten Bekleidung, die gut zum Bergsteigen geeignet war und der letzte aus dem Moor in seltsam ledrigen Gewändern, welche man sehr selten sah. Das Sonnenlicht blitze hier und da durch das Blätterdach, das einen angenehmen Schatten bot. Ein Diener trat neben den König der Elben, der gedankenverloren in die Luft blickte. „Aruun[1], es sind alle anwesend". „Gut! Lasst die Versammlung beginnen." Der Diener trat zur Seite und Leivan, König der Elben im Sternenwald, eröffnete die Versammlung. Er sah in die Runde. Rechts von ihm saß der Vertreter der Elfen, ein hochgewachsener Mann, er

---

[1] König, Majestät

trug die schlichte Kleidung der Elfen und hatte sein Haar straff zurückgebunden. Er sprach mit dem Repräsentanten der Nomaden aus der Wüste. Dieser hatte seine Verschleierung abgelegt und man sah ein kantiges Gesicht, das von der Sonne gebräunt war. Neben ihm saß der Stellvertreter der Zwörge. Ein stattlicher Mann mit schwarzen Haar und braunem Bart. Er hatte noch seine Rüstung an. Neben dem Zwörg ließ sich gerade der Vertreter des Nomadenstamms aus den Bergen nieder. Es war ein kleiner, dünner Mann, er trug nur ein Leinenwams und eine einfache Hose. Ein Platz weiter rechts saß der Vertreter der Moorwanderer. Dieser schaute sich unruhig um und war es sehr offensichtlich nicht gewöhnt von so vielen Leuten umgeben zu sein. Jetzt kam nur noch der Stellvertreter der Gestaltwandler. Es handelte sich um eine junge Frau mit braunem Haar, die aufmerksam in die Runde schaute und alle genau beobachtete. Hinter den Vertretern waren lauter Schaulustige gekommen. Diese Versammlung war öffentlich. In der ersten Reihe sah Leivan seine Tochter Lauriél und ihre Freundin Elranah. Die beiden hatten ihre Köpfe zusammengesteckt und redeten miteinander. „Ruhe bitte! Ich komme gleich zur Sache" Langsam verebbten die Gespräche und alle schauten Leivan an. Er sprach weiter: „Seid willkommen. Ich danke Euch, dass ihr alle den Weg auf Euch genommen habt. Wir haben ernste Nachrichten. Die Menschen dringen immer weiter in unser Land vor. Sie kommen von Nord-Westen und sind schon an der Wüstengrenze angekommen. Wün'dan ist jetzt als erstes gefährdet. Hat jemand einen Vorschlag, welche Maßnahmen wir ergreifen sollten, bevor ich meinen äußere?" Als erstes blieb alles still, doch dann stand der Botschafter der Zwörge auf. „Vielleicht könnten wir einen Wall an der Landesgrenze erbauen und Grenzposten einrichten. Die Zwörge könnten Baumaterial liefern und Arbeiter schicken." Er setzte sich wieder. „Aber es würde doch viel zu lange dauern, bis dahin haben die Menschen unser Land überrannt.", warf die Vertreterin der Gestaltwandler ein. „Die Zwörge sind schnelle Arbeiter.", gab der Zwörg spitz zurück. „Das bezweifle ich nicht.", beruhigte die Gestaltwandlerin ihn, „Dennoch wird es zu lange dauern." Es wurde lange diskutiert. Mehrere Vorschläge und ihre Umsetzung wurden besprochen. Die Nomadenstämme fragten sich am Anfang, warum sie sich an dem Krieg beteiligten sollten, bis man sie überzeugte, dass die Menschen sie versklaven würden. Der Vertreter der Moorwanderer ließ sich am schwersten überzeugen. Schließlich äußerte der

Elbenkönig seinen Vorschlag: „Wir sollten die Zwörge, Elfen, Elben und Waldläufer in den Städten vor den Menschen warnen und zusammenrufen. Sie müssen uns Waffen und Krieger schicken, denn eine Schlacht ist unausweichlich. Jemand sollte losziehen und ihnen Bescheid geben." Der Vorschlag wurde von allen angenommen. Der König sprach weiter: „Allerdings sollten die Vertreter der Völker hier am Hofe bleiben, um das weitere Vorgehen gemeinsam beschließen zu können. Außerdem sollten wir eine Gruppe losschicken, die sich verteidigen kann und weiß, wie man in der Wildnis überlebt. Es ist sehr wahrscheinlich, dass diese Gruppe nicht auf den Hauptstraßen reisen kann, denn diese werden öfters von Menschen überfallen. Hat jemand Vorschläge, wer gehen könnte?" Lange blieb es ruhig. Jeder überlegte, ob er jemanden kannte. „Kann nicht eine Soldatengruppe gehen?", fragte ein Mann aus dem Publikum. „Wir brauchen die Soldaten hier. Wenn es zur Schlacht kommt, können sie nicht irgendwo in dem Land sein.", erwiderte der König. Lauriél und Elranah schauten sich an und dann sagte Elranah mit lauter Stimme: „Wir gehen!" Die zwei Elben und ihre Freunde hatten schon oft darüber nachgedacht so etwas zu erleben. Schon als sie noch klein waren, waren sie den Spuren anderer Elben gefolgt und hatten sich gegenseitig gefangen genommen. Nun war das ihre Chance, sich zu beweisen. Früher wollte keiner der Älteren sie auf eine Mission mitnehmen, mit der Begründung sie seien noch zu jung. Nach einiger Zeit hatten sie aufgehört zu fragen.-„Wer ist „wir"?" fragte der König überrascht. „Wir sind Lauriél und ihre Schwester Karlunah die Elben, Daloon der Zwörg, Sormina und Marcus, die Waldläufer, meine Schwester Aurelia und ich, Elranah, von den Gestaltwandlern." „Lauriél und Karlunah, dürfen nicht mitgehen, sie sind zu jung!", sprach Leivan, nachdem Elranah geendet hatte. „Ihr seid doch alle noch Kinder!", rief jemand aus der Menge. In Lauriéls Augen funkelte es. „Warum sollte ich nicht mitgehen. Ich bin genauso alt wie Elranah und da sagt ihr nichts." „Entweder wir gehen alle oder keiner", sagte Elranah entschlossen. Lauriél nickte zustimmend. Leivans Gesicht wurde leicht rot, aber er sagte nichts. Ein Berater des Königs erhob die Stimme: „Aruun. Ich glaube, dass sie es schaffen können. Ich habe den beiden und ihrer Gruppe schon oft beim Trainieren zugesehen. Sie haben das Zeug dazu." Die Vertreter murmelten leise, jedoch erhob jetzt keiner mehr Einspruch gegen die Entscheidung der zwei Elben. Alle warteten auf das Wort des Königs. Leivan überlegte, dann seufzte er und antwortete: „Gut, ihr geht. Ihr habt von fast jedem Volk jemanden dabei. Macht euch jetzt bereit, morgen brecht ihr auf. Ich werde Euch reichlich Proviant und Geld mitgeben, damit ihr keine Not leidet."

Nach der Versammlung machten sich Elranah und Lauriél auf, um ihren Freunden von dem baldigen Start ihres Abenteuers zu erzählen. Sie liefen von der Lichtung in die geräumige Stadt. Sie lag an einem leichten Hügel. Der Palast stand ganz oben. Am oberen Hang lagen die schönen Häuser der Reichen, darunter die der Arbeiter und Bürger, deren Häuser meist zweistöckig waren. Am Fuße des Berges wohnten die Ärmeren mit ihren typischen einfach gehaltenen Holzhäusern, während die Bauern bei ihren Feldern außerhalb der Stadtmauern wohnten. Die Freunde wohnten im Bürgerbereich. Karlunah, die Tochter des Königs, lebte im Palast. Lauriél, ihre Schwester, hatte sich entschieden bei ihren Freunden zu wohnen. Auch Elranah und ihre Schwester Aurelia wohnten nicht in der Stadt, sie lebten noch bei ihren Eltern, die Bauern waren und so außerhalb der Stadt wohnten. Elranah hatte den kürzeren Weg. „Sehen wir uns später zur Besprechung?", fragte sie ihre Freundin. „Ja, kommt ihr zu uns?", antwortete Lauriél Elranah.

„Klar.", rief Elranah über die Schulter und dann war sie zwischen den Bäumen verschwunden. Lauriél lief zu den zwei Häusern, die die Freunde bewohnten. Sie und Sormina wohnten in einem und die beiden Jungs, Daloon und Marcus, in dem anderen. Schnell sagte sie ihnen, was nun auf sie zukommen würde. Beide jubelten los. Dann lief Lauriél in ihr Haus und sagte Sormina Bescheid. Sie hatte Glück, dass Karlunah gerade bei ihr war, so musste Lauriél nicht zum Palast laufen. Karlunah machte sich auf um ihre Sachen zu packen. Elranah hatte inzwischen alles ihren Eltern, Lingoss und Siana, und ihrer Schwester, Aurelia, erzählt. Ihre Eltern waren zwar etwas besorgt, ließen sich aber von der Fröhlichkeit der Geschwister anstecken. Alle machten sich daran ihre Sachen für die Reise zu packen. Die Geschwister in dem einem und die vier Freunde in den anderen beiden Häusern schauten sich fast zur selben Zeit, ohne dass sie es wussten, aufgeregt an. Endlich! Ihre Zeit war gekommen, um zu zeigen, wie erwachsen und stark sie alle waren.

Am Abend trafen sie sich noch einmal, um sich zu besprechen. „Nun.", sagte Karlunah, „Auf der nordwestlichen Seite des Landes ist fast alles mit Menschen besetzt. Trotzdem müssen wir dort auch hin, da wir nach Wün'dan müssen. Dort leben viele Elben." Die anderen nickten nur und überlegten. Sormina sagte plötzlich: „Wenn wir das Land verlassen und sozusagen hinter ihrem Rücken nach Wün'dan gehen, würde es keiner der Menschen bemerken, da sie alle darauf warten, dass wir von vorne angreifen, oder?" „Super Sormina. Daran habe ich noch gar nicht gedacht.", rief Elranah erleichtert über den Vorschlag, der zu funktionieren schien. Doch dann machte Marcus mit einem Satz alles zu Nichte: „Ihr habt aber schon die Wachtürme auf der Karte gesehen, oder?" „Außerdem ist das andere Land das der Menschen. Wir müssten genau an der Grenze entlang. Dort sehen sie uns ganz bestimmt.", fügte Lauriél hinzu. „Verdammt!", zischte Aurelia. Damit war diese Sache wieder erledigt. Sie diskutierten noch eine ganze Weile hin und her. Dann beschlossen sie, sich einfach hinzulegen und zu schlafen. „Wenn wir dort sind können wir die Lage sowieso besser beurteilen", gähnte Elranah. „Also ich sage jetzt nur noch gute Nacht!", sagte Daloon und ging als erster aus dem Raum. Auch die anderen liefen schnell nach Hause. Bald war alles still. Aurelia und Elranah konnten gerade noch so aus der Stadt schlüpfen, bevor die Tore geschlossen wurden.

Zwei dunkle Gestalten kauerten im Schatten einer alten Scheune. „Ihr müsst sie aufhalten. Sie dürfen die Städte nicht alle erreichen.", begann die größere der beiden Gestalten zu reden. „Ja, ja. Meine Männer sind bereit und wenn sie sich zu sehr wehren, töten wir sie.", winkte die kleinere Gestalt lässig ab. „Nein! Auf keinen Fall. Wir brauchen sie lebend. Haltet sie einfach nur gefangen.", zischte die Große. „In Ordnung. Ich wusste ja nicht das du so heftig reagierst.", lenkte die andere ein. „Gut. Ich muss los. Sonst werde ich noch vermisst. Wir treffen uns in ein paar Tagen wieder." Die große Gestalt löste sich aus dem Schatten und verschwand nach wenigen Schritten in der Dunkelheit.

Der Aufbruch

Am nächsten Morgen trafen sich die jungen Gefährten am Tor von Al'fandel, Lauriél mit einem Tuch, das ihr Gesicht verhüllte, und Locken, die leicht unter dem Tuch hervorlugten. Ihre goldenen Augen funkelten in der Sonne. Sie konnte gut mit Pfeil und Bogen umgehen. Elranah hatte blonde lange Haare, war groß gewachsen, und die beste Kämpferin in der Gruppe. Sie zog sich gerade ihren Mantel an und lief angespannt auf und ab. Beide beherrschten die Kunst der Magie. Aurelia, schnell und geschmeidig mit ihren beiden Säbeln und roten Haaren. Manchmal war sie sehr frech, aber eine treue Freundin und sie stellte sich jedem Gegner, was nicht immer gut für die Gegner ausging. Karlunah, die jüngste von ihnen, mit einem Kurzschwert und flink mit einem Dolch. Sie trug ihre blonden Haare zu einem Zopf geflochten und schnallte sich gerade ihr Schwert um. Daloon der Zwörg, der teils cholerische Züge aufwies und die typisch für Zwörge unterschiedlichen Farben von Bart und Haaren hatte. Zwörge sind größer als Zwerge und ein eigenes Volk, das aus Kreuzungen von Menschen und Zwergen entstanden ist und sich selbständig gemacht hat. Meistens tragen sie eine typische Streitaxt, wie auch

Daloon. Die Waldläufer, Sormina und Marcus, kannten jeden Weg und was Dinge wie Kondition und Wissen über die Natur anging, waren sie nicht zu übertreffen. Sie waren gerade damit beschäftigt mögliche Wege für ihre Reise zu finden. Beide hatten braune Haare. Die Gruppe hatte beschlossen, zusammen zu reiten, auch wenn die Nachricht dann länger brauchte, um alle zu erreichen, denn es waren doch einzelne Menschengruppen schon weit in das Land vorgedrungen und machten die Wege unsicher. Leivan trat vor sie und sagte: „Brecht jetzt auf und kommt wieder, wenn ihr alle Völker gewarnt habt. Viel Glück auf euren Wegen. Passt gut auf Karlunah auf, ihr darf nichts passieren! Und noch etwas", er senkte die Stimme, „– besorgt dies für mich, es steht alles Nötige in diesem Brief." Er gab ihnen ein zusammengefaltetes Papier und sie machten sich auf den Weg. Karlunah umarmte ihren Vater ein letztes Mal. Leivan versuchte sie noch einmal zu überreden, da zu bleiben, blieb jedoch ohne Erfolg. Die Pferde waren schon gesattelt. Als die Gruppe aufbrach, stand das Volk schweigend hinter ihnen. Man konnte ihre Zweifel an den jungen Freunden spüren. Bald sahen sie die Tore Al'fandels nicht mehr.

Eine Weile ritten sie ruhig durch den Wald. „Stopp! Ich will mit!", ertönte plötzlich eine Stimme. Alle wussten sofort, wer es war – Lavenda, die größte Zicke unter den Elben. Lauriél antwortete ruhig und entschlossen: „Nein!" „Doch! Ich will mit!" Lavenda wusste, dass Lauriél sie hasste für das, was sie ihr, als sie kleiner waren, angetan hatte. Sie hatte ihr den halben Arm aufgeschlitzt. Wären die Heiler nicht in der Nähe gewesen-, sie wüsste nicht, was sonst geschehen wäre. Heute erinnerte Lauriél eine feine Narbe daran. Aurelia stieg aus dem Sattel und zischte: „Lass uns darum kämpfen, ob du mitkommen kannst!" „Von mir aus, aber ich will gegen Elranah kämpfen, da sie die bessere Kämpferin ist." Aurelia knurrte sie wütend an, wiedersprach aber nicht. Lavenda und Elranah stellten sich auf. „Los wir ham´s eilig, klärt eure Elbenprobleme ein anderes mal.", meckerte Daloon. „Ist mir doch egal", fauchte Lavenda. Plötzlich stieß Elranah vor und schlug Lavenda das Schwert aus der Hand. Dann schlug sie ihr mit der Breitseite ihres Schwertes gegen den Kopf. Lavenda stieß einen Schrei aus. Sie nahm ihr Schwert und stürzte davon. „Ich glaube, das war keine gute Idee!" rief Sormina. Aurelia zuckte mit den Schultern und stieg auf ihr Pferd. Elranah stieg auch auf und sie ritten weiter. Keiner sagte ein Wort.

Zur Mittagszeit rasteten sie. „Marcus, machst du den Brief auf?", fragte Daloon. Marcus nickte und öffnete ihn:

> Findet den Stein der Macht.
> Wo er ist, ist mir verborgen.
> Leivan, König der Elben.

„Toller Auftrag", murmelte Karlunah. „Ja und so vielsagend.", stimmte Daloon zu. „Ich würde sagen, dass wir uns wieder auf den Weg machen.", schlug Aurelia vor. Alle stimmten murmelnd zu. Sie sattelten die Pferde, löschten das Feuer und ritten weiter.

Als es Abend wurde, lagerten sie an einem kleinen Bach. Sie machten ein Feuer und Essen. Marcus und Daloon gingen jagen, dazu musste Daloon jedoch seine Rüstung ausziehen. „Vielleicht solltest du sie einfach auslassen?", schlug Marcus vor, der nur ein braunes Stoffwams trug. „Wir Zwörge tragen immer unsere Rüstung.", erwiderte Daloon hartnäckig. Beide verschwanden im Wald. „Ich gehe den Weg vor uns ein wenig auskundschaften", meinte Elranah und verwandelte sich in einen Wolf, ehe auch nur einer antworten konnte. Ihre Kleidung verschmolz einfach mit, auch der grüne Mantel, den sie trug. Karlunah ließ sich neben Lauriél nieder und gab ihr den Wasserbeutel. „Frisch aufgefüllt.", meinte sie. „Danke.", Lauriél lächelte kurz. Die Ärmel von Karlunahs schwarzem Mantel waren ein wenig nass. „Setz dich doch näher ans Feuer, dann trocknest du schneller.", schlug sie vor. „Ne. Geht schon.", erwiderte diese kurz. Beide warteten still. Sormina wollte Feuerholz holen gehen und Aurelia kümmerte sich um die Pferde. Sormina kam wieder, man konnte sie ganz schlecht in der Dunkelheit ausmachen. Karlunah sah sie erst in dem Moment, als sie ans Feuer trat. Sie trug einen grünen Mantel und ein blaues Wams. Gerade als sie sich ans Feuer setzten wollte, drang ein Wiehern der Pferde zu ihnen herüber. Die drei Freunde sprangen auf und rannten mit gezückten Waffen los. Die Pferde waren aufgeregt, doch niemand war zu sehen. „War Aurelia nicht hier?", fragte Karlunah vorsichtig. Plötzlich sprang ein dunkler Schatten von hinten auf sie zu. „Was wollt ihr?", fragte eine dunkle Stimme. Sie wirbelten herum und sahen einer dunklen Gestalt, mit tief ins Gesicht gezogener Kapuze, ins Gesicht. „Gehört ihr zu dem Mädchen, das nichtsahnend in meine Falle getappt ist?" Karlunah starrte die Gestalt an. „Aurelia…", flüsterte sie heiser. „Ach so heißt sie." In dem Moment hörte man ein Sirren. Lauriél hatte einen Pfeil abgeschossen. Der Pfeil verhakte sich in der Kapuze und zog sie nach hinten. In den Gesichtern verwandelte sich Angst über Freude zu Wut: „Du Miststück!!!" Vor ihnen stand mit einem breiten Grinsen im Gesicht ihre Freundin Aurelia. Mit dem grünen Wams und dem braunen Mantel hatte man sie in der Dunkelheit nicht erkannt. „Fast hätte ich dich erschossen,", schrie Lauriél sie an. „Bei den Göttern, was ist denn hier los? Man hört Euch ja bis Al'fandel!" Hinter ihnen standen Daloon und Marcus. Sie gingen zurück zum Feuer, wo Karlunah und Sormina ihnen den Vorfall schilderten. Lauriél beobachtete ihre Freunde und dachte nach. Sie waren jetzt schon eine gefühlte Ewigkeit befreundet. Sie waren ihre Familie. Sie strich sich über den Ledermantel, den sie trug und überlegte weiter. Vielleicht sollte sie ihren Freunden nach der Reise ihr Geheimnis anvertrauen. Aber was wenn…? Ihre Gedanken wurden unterbrochen, als Elranah wiederkam. Sie war wieder ein Elb. „Es ist alles gut. Niemand ist in näherer Umgebung. Aber ihr könntet trotzdem etwas leiser sein." Nachdem alle fertig gegessen hatten, legten sich die Gefährten schlafen.

Flucht!

Sieben Tage waren die Gefährten schon unterwegs. Sie hatten viel Spaß. Auch als es regnete, wurde ihnen die gute Laune nicht vertrieben. Sie sangen Lieder und beobachteten nachts die Sterne, da sie sich innerhalb des Schutzbannes der Elben befanden. Lavenda wurde nicht mehr gesehen und war bald vergessen. Daloon beschwerte sich zwar wenn sie trabten, da sein kleineres Pony dann galoppierten musste. Aber auch wenn sie Schritt gingen musste sein Pferd manchmal traben, was er nicht besser fand.

In Nel'fandel, eine der größten Handelsstädte in ganz Ellvarín, hatten sie Bescheid gegeben. Es war eine riesige, eng bebaute Stadt, die trotzdem breite Straßen hatte. Dort drängten sich Karren, Pferde und viele Elben, die zu Fuß gingen. Der Herzog hieß sie im Palast herzlich willkommen und hörte sich ihr Anliegen sofort an.

„Natürlich werde ich meine zur Verfügung stehenden Soldaten sofort sammeln und dem König bereitstellen."

„Danke, Euer Gnaden.", sagte Elranah zu dem Herrscher.

„Wollt ihr hier nächtigen oder sofort weiterziehen?", fragte er jetzt nach. „Wir bleiben hier und ruhen uns aus. Jetzt kommt der gefährlichste Teil der Reise.", meinte

Lauriél, „Wir reisen morgen früh wieder ab." „Dann seid ihr herzlich eingeladen hier im Palast zu schlafen. Meine Diener werden euch Zimmer bereit machen." Sie dankten ihm herzlich und brachen am Morgen darauf mit neuen Vorräten versehen wieder auf.

Jetzt waren sie auf dem Weg zur Wüste, in deren Mitte Wün'dan lag. Diese Nacht hielt Elranah Wache. Sie hatten den Schutzbann der Elben verlassen und mussten jetzt besser aufpassen. Sie lagerten in einer Senke und alle schliefen. Plötzlich hörte Elranah in der Ferne Waffen klirren. Sie lauschte noch eine Weile und vermutete, dass es sich um Menschen, und zwar um viele, handelte, da Elben sich leiser verhalten würden. Sie weckte alle anderen und sie machten sich daran, ihre Sachen zusammen zu packen. Dabei beratschlagten sie, was sie machen könnten. „Wir könnten hier warten und einen Hinterhalt vorbereiten, dann metzeln wir sie einem nach dem anderen ab", meinte Daloon freudig. „Gute Idee! Dann haben wir endlich mal wieder Spaß", sagte Aurelia erfreut. „Dafür sind es zu viele.", meinte Elranah. „Ich würde lieber schnell verschwinden und ein Versteck suchen.", entgegnete Sormina. „Ich stimme Sormina zu", sagte Lauriél, „Wir können es mit ihnen nicht aufnehmen – und wir haben eine Aufgabe zu erledigen!" Daloon grummelte etwas, gab aber nach. Schon bald saßen sie alle auf ihren Pferden und ritten schnell weiter. Nach einer Weile hörten sie Pferdegetrappel, und aus dem Nichts heraus tauchten mehrere schwer bewaffnete Reiter auf. Der Anführer sagte etwas in der Menschensprache und seine Männer zogen ihre Schwerter. Lauriél schoss einen Pfeil ab und ein Soldat fiel tot vom Pferd. Die Gefährten galoppierten los, doch die Reiter holten sie ein und stießen sie aus den Sätteln. Alle kamen schnell wieder auf die Beine und zogen ihre Waffen. Sie hatten Glück, dass sie auf einer kleinen Lichtung waren, auf der man gut kämpfen konnte. Daloon hieb einem der Soldaten ins Bein, der daraufhin schmerzerfüllt aufheulte. Karlunah sprang von hinten an einen heran, und erledigte ihn mit einen ihrer Dolche. Sie zog ihn voller Ekel wieder heraus und wandte sich dem nächsten zu. Sormina war in einen Kampf gegen einen kleinen stämmigen Mann verwickelt, der vom Pferd herabgesprungen war. Lauriél und Elranah kämpften Seite an Seite gegen drei der Reiter, zwei von ihnen waren zu Fuß, einer saß noch auf einem Pferd. Marcus rannte auf den Anführer zu. Ihm wurde aber der Weg durch einen riesigen Mann versperrt. Aurelia wirbelte mit ihrem Säbeln durch die Luft und schlug zwei Soldaten nieder. Die Gefährten wehrten sich so gut es ging, aber es kamen immer mehr Feinde hinzu. Sie wurden zusammengedrängt und konnten sich fast nicht mehr verteidigen. Elranah und Aurelia kämpften gegen zwei riesige Soldaten. Doch dann bekam Elranah mit der flachen Seite eines Schwertes einen Schlag gegen den Kopf und ihr wurde kurz schwindelig. Der eine Soldat packte sie. Aurelia wurde abgelenkt und ebenfalls festgenommen. Lauriél und Karlunah erging es nicht besser. Auch sie wurden überwältigt und auf den Boden geworfen. Währenddessen hieb Daloon mit seiner Axt auf einen Reiter ein. Seine Axt blieb im Sattelleder stecken und er wurde von zwei Soldaten, obwohl er sich heftig mit Schlägen und Geschrei wehrte, festgehalten. Marcus und Sormina wollten den anderen helfen, doch sie hatten die Menschen unterschätzt. Nach kurzer Zeit lagen sie alle auf dem Boden und keuchten. Die Soldaten hielten ihnen die Schwerter an die Kehle. Ein paar von ihnen kamen mit Seilen und fesselten damit die Elben. Die anderen Gefährten banden sie an ein paar Bäume. Allen nahmen sie ihre Waffen ab und warfen sie in sicherem Abstand zu den Gefährten auf einen Haufen. Aurelia versuchte sich noch einmal zu wehren, wurde aber von einem der Soldaten bewusstlos geschlagen. Elranah versuchte zu ihr zu kommen, wurde aber von demselben

Soldaten abgehalten. Die Soldaten nahmen die Elben, warfen sie zu anderen Reitern hinauf auf deren Pferde, saßen auf und galoppierten weg. Sormina nahmen sie nicht mit. Man hatte ihre leicht spitzen Ohren nicht entdeckt. Ihre Toten ließen sie einfach liegen. Die Pferde der Gefährten waren während der kleinen Schlacht ein Stück geflüchtet und grasten friedlich. Die Ritter rissen die Pferde, die sich heftig wehrten, erbarmungslos hinter sich her, nahmen aber nur die wichtigsten Sachen mit und ließen den Rest auf der Lichtung liegen. Marcus, Daloon und Sormina ließen sie zurück. „Ira avo nelthork[2]!!!", rief ihnen Daloon wütend hinterher. Die Soldaten ignorierten den Ruf. Sie verstanden nicht, worum es ging.

Während des Rittes wurden die Elben ordentlich durchgeschüttelt. Aurelia war inzwischen wieder zur Besinnung gekommen. Karlunah bekam vom dauernden Hüpfen einen blauen Fleck an den Rippen. Auch die anderen bekamen Prellungen und blaue Flecken. Lauriél, Elranah, Karlunah und Aurelia wurden, nachdem sie eine Weile geritten waren, in ein Lager gebracht. Sie konnten sich kaum bewegen, da man sie so fest gefesselt hatte. Jede hatte einen Knebel im Mund. Man schleppte sie

---

[2] Ihr seid Feiglinge

durch das Lager, dann wurden sie in ein Zelt gesperrt. Erst saßen sie schweigend da und hofften auf einen guten Fluchtplan der anderen, als Karlunah plötzlich sagte: „Ich hoffe Daloon und den anderen fällt ein guter Plan ein. Habt ihr einen?" „Wie hafft du den Gnebel auf den Mund wkommen?", fragte Elranah verwirrt. „Naja, du musst die ganze Zeit mit der Zunge gegen den Knebel drücken und versuchen ihn über deine Oberlippe zu bekommen. Danach kannst du ihn an einem Stück Holz abreiben. Ich habe das schon auf dem Pferd am Sattel getan. Der Rest ist Schauspielern." Die anderen versuchten es auch und mit Karlunahs Tipps waren sie auch bald ihre Knebel los. Den Rest der Zeit verbrachten sie damit, über einen Fluchtplan zu grübeln.

Am nächsten Morgen kam ein in Seide gekleideter, etwas kleinerer Mann ins Zelt. Den Wachen befahl er: „Entfesselt sie!" Die Wachen taten wie geheißen. Lauriél stöhnte und rieb sich die tauben Hände. Karlunah zischte durch zusammengebissene Zähne: „Endlich. Mein Kopf tut schrecklich weh.",,Ich bin König Lysander VI, der König der Menschen. Ich habe gehört, dass Elben perfekte Sklaven sein sollen." Aurelia knurrte und murmelte etwas auf Ellvariné. „Nun. Das tut jetzt aber nichts zur Sache, als erstes will ich wissen, wo die Hauptstadt der Elben liegt.", überging der König Aurelias Knurren. Die Elben schwiegen. „Gut, dann nicht.", er drehte sich mit einem fiesen Lächeln im Gesicht um und wandte sich zum Zeltausgang. „Ihr werdet…" Wie auf ein stummes Zeichen hin, sprangen die Elben vor, schlugen den König nieder, liefen aus dem Zelt und rannten los. Die Wachen merkten kaum was geschah, da hatte Aurelia sie schon zusammengeschlagen.

Lauriél rannte durch das Zeltlager der Menschen. Sie war schneller als die anderen Elben. Sie mischte sich unter die anderen Frauen, die auf einem Platz arbeiteten, wahrscheinlich waren sie Sklaven. Etwas abseits sah sie ein Mädchen. Lauriél blieb stehen, denn sie hatte eine Vision von diesem Mädchen gehabt. Sie konnte manchmal in die Zukunft sehen. Zwar ziemlich selten und meistens sehr ungenau, aber diese Vision war öfters aufgetaucht. Sie drang in die Gedanken des Mädchens ein, denn sie konnte die Sprache der Menschen nicht so gut und wenn man in Gedanken spricht, sprechen alle dieselbe Sprache. „Wie heißt du?" Das Mädchen erschrak und schaute sich um und entdeckte die Elbin in einiger Entfernung. „Denke deine Antwort!" „Lisa". „Kannst du mir den Weg aus diesem Lager zeigen?" Hinter sich hörte sie die Soldaten näherkommen. Anscheinend hatten sie mitbekommen was passiert war. „Ja". Lisa lief los. Was sie über die Elben gehört hatte – sie mochte gar nicht daran denken. Grausige Geschichten, die am Ende immer mit dem Tod aufhörten. Sie hatte Angst und konnte nicht schreien, auch gehorchte sie lieber der Elbin als zu sterben. Schon bald waren sie aus dem Lager heraus. Lisa lief weiter, sie traute sich nicht stehen zu bleiben. Sie liefen in den Wald, quer durch das Unterholz, bis sie die Verfolger abgeschüttelt hatten, denn diese konnten sich im Wald nicht so gut fortbewegen. Lisa blieb keuchend stehen. Die Elbin war einfach zu schnell. Lauriél dachte: „Vielen Dank! Ich verdanke dir mein Leben! Ich bin Lauriél. Was machst du im Ritterlager?" „Mein Vater ist der König. Er wollte mich bei seinem größten Ritterzug dabei haben. Ich hasse ihn dafür! Ich wäre lieber zuhause geblieben. Hier muss ich schuften wie die Sklaven.", antwortete das Menschenmädchen schnell. „Wenn du willst, kannst du mitkommen und bei uns leben. Ich weiß, was die Menschen über uns erzählen, aber wir sind nicht so. Diese Geschichten sind alle erfunden, nur um euch Angst zu machen. Wir haben einen Auftrag und sind dabei durchs ganze Land zu ziehen." Lisa zögerte, zurück konnte sie nicht mehr, denn sie hatte ja der Elbin geholfen. Schließlich sagte sie schüchtern: „Ich komme mit". Auch die anderen Elben hatten aus dem Lager gefunden und sahen Lauriél und das Menschenmädchen interessiert an. „Das ist Lisa. Sie würde gerne mitkommen."

In der Zwischenzeit hatte sich Marcus befreien können, einer der Soldaten war nicht ordentlich gewesen. Nachdem er die anderen von ihren Fesseln befreit hatte, sammelten sie so viel wie möglich von ihrer Ausrüstung ein und waren kurz darauf bereits dabei, den Spuren der Menschen zu folgen. Auf einer kleinen Lichtung im Wald trafen die Elben auf die restlichen Gefährten. Lisa fragte Lauriél: „Wie habt ihr euch denn so schnell wieder gefunden?" „Über Gedanken", meinte Lauriél verschmitzt. „Mein Vater wird euch folgen", meinte Lisa ängstlich. „Er wird uns nicht finden können. Wir gehen durch die Wüste. Dort ist es sehr gefährlich, aber dein Vater kennt die Wüste nicht, er weiß nicht, wo die drei Stürme liegen.", sagte Lauriél in Gedanken beruhigend. „Drei Stürme?", fragte Lisa neugierig. „Ja, es sind Wüstengeister, sie verschonen keinen.", meinte Sormina, die dem Gespräch in Gedanken gefolgt war. Lisa merkte, wie ihr ein kalter Schauer über den Rücken ging. Ängstlich fragte sie: „Wohin gehen wir jetzt?" „Nach Wün'dan, um unseren Auftrag auszuführen.", war die Antwort von Lauriél. „Warum reden wir eigentlich in Gedanken miteinander?", fragte Lisa Lauriél interessiert. „Ich kann die Menschensprache nicht so gut. Ich habe im Unterricht nicht aufgepasst." „Ihr lernt unsere Sprache?", meinte Lisa ungläubig. „Ja wir lernen auch Zwergisch oder Zwörgisch. Das ist normal bei uns." „Wir lernen nichts davon.", sagte Lisa traurig. „Du wirst bei uns Ellvariné lernen müssen, denn wir reden alle in dieser Sprache. Solange reden wir in Gedanken weiter. Kannst du eigentlich reiten?", fragte Aurelia. „Ja, ich hatte Reitunterricht." „Gut, denn wenn wir wieder Pferde haben, musst du reiten." Lisa wurde den anderen Gefährten vorgestellt. Sie wurde in die Gruppe aufgenommen und keiner hatte etwas dagegen. Karlunah wurde immer fröhlicher, da sie jetzt zwar die Jüngste, aber nicht mehr die Unerfahrenste war, was das Überleben in der Wildnis anging.

Wüstengeister

Elranah frage sich die ganze Zeit, ob es klug war, Lisa mitzunehmen. Sie sagte aber nichts, denn Lauriél hatte Lisa gefragt, ob sie ihre Schülerin sein möchte, da Lauriél und Lisa sich von Anfang an gut verstanden hatten. Lisa hatte neue Kleidung bekommen, die sie dabei hatten, denn ihr Kleid war etwas unpraktisch zum Reisen. Sie hatten Lisa auch einen Dolch gegeben, damit sie sich ein wenig verteidigen konnte, falls sie angegriffen würden. Elranah beneidete Lauriél aber auch ein wenig dafür, dass sie eine neue Schülerin hatte. Die letzten Schüler waren ihre Freunde gewesen und das lag ein paar Jahre zurück. Sie hoffte, dass sie bald auch jemanden ausbilden konnte, denn in der Zeit, wo die beiden Schwertkampf, Spurenlesen oder ähnliches trainierten, war ihr oft langweilig.

Die Gefährten hatten einen ganzen Tag gebraucht, um auf ihre normale Strecke zurück zu kommen.. Ihr Plan war es, in Wün'dan neue Pferde und Verpflegung zu kaufen und dann so dicht wie möglich an einem der Stürme vorbei zu reiten, so dass die Wüstengeister ihre Spuren vernichteten und den Menschenkönig angriffen, um ihn möglicherweise zum Umkehren zu zwingen.

Nach eineinhalb Tagen strammen Marschierens, mit Blasen an den Füßen und dem ständigem Gemecker von Daloon in den Ohren, der mit seinen kürzeren Beinen Mühe hatte, dem Tempo der Elben, Waldläufer und Lisa zu folgen, kamen sie nach Wün'dan – doch sie fanden nur eine zerstörte Stadt vor. „Diese Menschen!" rief Aurelia wutentbrannt. „Hi…. Hilfe!" hörten sie plötzlich. Elranah ging auf die Stimme zu, die sich hinter einem der kaputten Häuser befand. Da erblickte sie ein Menschenmädchen, wahrscheinlich, der Kleidung nach zu schließen, eine Sklavin, denn sie hatte ein zerrissenes Kleid an. Sie lag zwischen Trümmern und konnte ihr Bein nicht bewegen, weil ein großer Holzbalken darauf lag. „Wie heißt du? Keine Angst, ich helfe dir!", sagte Elranah mit beruhigender Stimme. „Eva", antwortete das Mädchen verängstigt. „Ok, ich bin Elranah. Lauriél?" „Jathel[3]?", kam es von hinten. „Hilfas mer mad[4]!". Lauriél kam und half Elranah, den Balken von Evas Bein weg zu heben. „Déw ena Eva[5]. Eva. Das ist Lauriél. Sie wird dein Bein heilen." Lauriél nickte und heilte Evas

---

[3] Ja
[4] Hilf mir mal
[5] Das ist Eva

Bein mit Magie. Sie legte ihre Hände an ihr Bein und sagte leise: „Yesta[6]!" Das Bein schimmerte kurz auf. Sie lächelte und nickte Eva zu. Diese starrte jedoch nur auf ihr Bein und bewegte es vorsichtig. Elranah, die die Sprache der Menschen besser konnte, fragte: „Weißt du was und wann das hier passiert ist? Wo sind die Bewohner der Stadt hingekommen? Und warum bist du hier geblieben?" „Meine Familie zieht hinter der Armee her und repariert Schuhe, sie sind Sklaven. Sie haben mich zurück gelassen, weil ich mit gebrochenem Bein nutzlos gewesen wäre. Auch hätten sie mich nicht behandeln lassen können, da wir kaum Geld haben. Es war morgens, als es passierte. Der General hat das Dorf durchsuchen lassen. Er hat auch mich los geschickt. Das Dach ist eingestürzt, er hat meinen Eltern nicht erlaubt mir zu helfen. Wo die Bewohner sind weiß ich nicht. Es war schon alles verlassen, als wir kamen" Die Elben guckten sich an – so grausam wäre kein Elb. Immerhin schienen die Menschen die Bewohner der Stadt nicht umgebracht zu haben. Sie nahmen Eva mit zu den anderen. Sormina und Aurelia durchsuchten die Stadt nach weiteren Überlebenden, fanden jedoch keine. Es blieb ihnen nichts anderes übrig: „Willst du mit uns

---

[6] Heile!

kommen?" fragte Elranah. „Wer seid ihr denn?", wollte Eva wissen. „Elben, Waldläufer, ein Mensch und ein Zwörg.", antwortete Elranah knapp, „Wir haben einen Auftrag, den wir erfüllen müssen." „Ja, ich komme mit euch.", sagte Eva. Eva erkannte Lisa als Prinzessin, aber nachdem Karlunah ihnen erklärt hatte, dass es in der Gruppe keinen Unterschied machte, ob man Prinzessin oder Sklavin war, einigten sich die Menschenmädchen darauf, zu vergessen, was sie gewesen waren.

Sie suchten Proviant und fingen die Pferde, die auf Koppeln hinter der Stadt waren, ein. In den Häusern, die nicht zerstört waren, suchten sie viele Tücher zusammen, denn alle, bis auf Lauriél, hatten schon einen Sonnenbrand. Sie wagten nicht noch länger zu rasten, obwohl alle müde und erschöpft waren. Sie verhüllten ihre Gesichter mit Hilfe von Lauriél, und ließen die Waldläufer vorgehen, da sie wussten, wo die Stürme lagen. Marcus kannte einen Trick um die Geister zu besiegen oder eher gesagt, sie zu den Menschen zu schicken. „Elranah, Lauriél! Sie kommen!", rief Karlunah plötzlich. Alle drehten sich um und sahen die Menschensoldaten am Horizont auf sie zustürmen.

Jetzt waren sie schon einige heiße Tage unterwegs. Es gab zwar am Anfang ein paar Schwierigkeiten, da Eva nicht reiten konnte, aber Elranah nahm sie einfach als Handpferd und so musste sich Eva nur festhalten. Nach ein paar Tagen beschwerte sie sich, weil ihr alles wehtat. „Das geht wieder weg. Keine Sorge.", meinte Elranah. „Ich kenne jemanden, bei dem es am Anfang genauso war.", erzählte Aurelia schmunzelnd. „Meinst du etwa mich?", rief Daloon von hinten. „Nein.", antwortete Aurelia scheinheilig. „War das etwa Sarkasmus?" „Überhaupt nicht. Ich weiß gar nicht was du meinst." „Ja klar. Ich hatte Muskelkater, ja. Aber Zwörge sind auch nicht für das Reiten gemacht. Ich wette mit dir, dass du keine zwei Tage in den Minen von Fam'men arbeiten könntest." „Ich werde es dir zeigen. Natürlich halte ich das aus. Sogar eine Woche schaffe ich.", rief Aurelia lachend. Eva lächelte. Sie hatte sich schnell in der Gruppe eingewöhnt, Lisa hatte ihr ein wenig geholfen, da sie auch ein Mensch war. Elranah verstand sich gut mit Eva. Gegen Mittag an einem der Tage, als sie gerade eine Pause machten, wollte Elranah von Eva wissen, ob sie zustimmen würde, dass Elranah sie zur Kämpferin ausbilden würde. „Gerne. Ich bin sonst völlig nutzlos!", stimmte Eva erleichtert zu. „Wann wollen wir denn anfangen zu trainieren?", wollte Elranah wissen. „Jetzt? Ich will endlich etwas Nützliches tun können.", sagte Eva. Elranah stimmte zu. Sie genoss es sichtlich, wieder einmal mit einem Schüler trainieren zu können. Die beiden trainierten so lange, bis sie am Nachmittag weiter ritten. Es wurden sehr heiße Tage. Die Sonne brannte auf sie hinunter und einer nach dem anderen zogen sie ihre Mäntel aus. „Ich dachte der Sommer geht zu Ende. Es müsste jetzt eigentlich schon Herbst sein.", stöhnte Marcus. „In der Wüste ist doch immer Sommer. Hier ist es immer unerträglich heiß.", antwortete Karlunah. In der Ferne sahen sie eine dunkle Wolke. Die Wüstengeister waren nicht mehr sehr weit entfernt.

Die Wüstengeister heulten um sie herum. Sie rissen an ihren Kleidern und Sand drang in alle Ritzen. Die Gefährten hatten den Pferden die Köpfe verhüllt und führten sie. Sie stolperten und mühten sich ab, zusammen zu bleiben. Immer wieder sanken sie im weichen Sand ein. Die Geister versuchten sie zu trennen. Die Gefährten kämpften sich Schritt für Schritt weiter. Sie wussten den Weg nicht mehr, aber das war ihnen egal. Hinter ihnen kamen die Verfolger immer näher heran. „Wüstengeister, van un tyel[7]!", rief Marcus und spuckte danach eine Ladung Sand aus. „Es bringt nichts, wir müssen weiter gehen!" rief Daloon zurück. „Ento ava mellyn cotuno[8]!", versuchte es Marcus. Auf einmal hörten die Wüstengeister auf, zogen weiter und stürzten sich auf die Menschen. „Was hast Du Ihnen gesagt?" fragte Daloon verblüfft. Marcus zuckte mit den Schultern und grinste: „Ich habe ihnen deinen Bart versprochen." „Nur über meine Leiche!", knurrte Daloon. „Das sollten sie lieber nicht hören, sonst kommen sie wieder.", lachte Marcus. Schnell entfernten die Gefährten die Tücher von den Pferdeköpfen, saßen auf und galoppierten los. Hinter ihnen tobten und heulten die Wüstengeister zwischen den Verfolgern. Keiner blickte sich um. Sie ritten die Nacht hindurch und den ganzen nächsten Tag, nur mit kurzen Pausen für die Pferde. Keiner beschwerte sich oder sprach über Schmerzen, denn jeder wusste, dass die anderen genauso viel durchmachten. Abwechselnd schliefen sie während sie ritten. Es war immer noch unerträglich heiß und es schien den Gefährten so, als ob die Sonne jeden Tag stärker zu scheinen schien.

---

[7] Hör/-t endlich auf
[8] Dort sind die Feinde

Die zerfallene Stadt

Die weiteren Tage waren mühevoll und schmerzhaft. Bald waren sie in einem Moor angekommen. Es war tückisch und schwül. Um sie herum waren viele Mücken, die nichts Besseres zu tun hatten als die Gefährten zu stechen. Noch immer war überall Sand und man konnte sich nicht einmal waschen. Jeder hatte zusätzlich noch Wunden von den Geistern bekommen. Manchmal glaubte Lisa einen Schatten zu sehen. Aber wahrscheinlich irrte sie sich, weil sie lange nicht mehr ordentlich geschlafen hatte. Denn als die anderen nach hinten schauten, sahen sie nichts als nasses stumpfes Gras und Pfützen. „Wahrscheinlich war es nur ein großer Hase oder ein anderes harmloses Tier.", versuchte Lauriél ihre Schülerin zu beruhigen.

In der Abenddämmerung tauchte die zerfallene Stadt vor ihnen auf. Sie war verlassen, alt und düster. Die Ruinen hatten etwas Bedrohliches an sich. Vorsichtig stiegen die Gefährten von ihren Pferden ab. „Wer seid ihr?", fragte eine zornige Stimme plötzlich aus dem Dunkeln. „Botschafter der Elben", antwortete Daloon. „Verschwindet von hier!", zischte die Stimme. „Warum? Ist das deine Stadt?" entgegnete der Zwörg genervt. Die

Gefährten sahen sich um. Anstatt zu antworten, sprang der Unbekannte aus seinem Versteck, raste auf Lauriél zu und packte sie. Es war ein Elb. Und er war älter als die Elben der Gruppe. Ein Dolch kam aus seinem Handgelenk heraus, so sah es zumindest aus. Er hielt ihr die Waffe an die Kehle. „Verschwindet!" sagte er durch zusammengepresste Zähne. „Nein!", rief Elranah. Er presste den Dolch fester an Lauriéls Kehle. Blut tropfte herunter. Sie hielt ganz still und versuchte nicht zu zittern. Man sah die Angst in ihren Augen. „Wir müssen einen Auftrag erledigen! Lass sie los!", rief Sormina. „Was ist euer Auftrag?", wollte der Fremde wissen. „Die Menschen überfallen unser Land. Wir sollen alle Städte vor den Menschen warnen und um Verstärkung bitten – und jetzt müssen wir erst einmal rasten. Wir wurden verfolgt. Lass sie endlich los!", rief Aurelia aufgebracht. Er senkte den Dolch ein wenig, hielt Lauriél aber weiter fest. „Na gut, dann könnt ihr heute Nacht hier bleiben. Morgen verschwindet ihr aber, hier gibt es nichts für euch.", drohte er. „Wie heißt du?", fragte Elranah jetzt. „Erol. Und wie heißt Du?" „Elranah.", antwortete diese. Sie stellte auch die anderen vor. Erol ließ Lauriél los. Dann verschwand er genauso schnell wie er aufgetaucht war. Eine Weile blieben sie noch dort wo sie waren, dann fragte Elranah Lauriél: „Geht's?" Sie nickte und heilte sich mit Magie. Danach half sie beim Lagerfeuer. Als sie Holz suchte, traf sie auf Erol, er trat plötzlich hinter einem Baum hervor „Wer bist du? Woher kommst du?" fragte sie überrascht. „Ich komme aus dem Düsterwald. Woher kommst du?" „Sternenwald." Er musterte Lauriél. „Warum bist du verschleiert?" Sie wollte gerade antworten, da rief eine Stimme ihren Namen. „Komme gleich", rief sie zurück. Sie drehte sich zu Erol um, aber er war weg. Sie lief mit dem Feuerholz zurück zum Lager. Den Weg über überlegte sie, warum er so unfreundlich gewesen war, als sie zum ersten Mal aufeinandertrafen. Die Gefährten hatten es sich in einer Ruine gemütlich gemacht, das Feuer brannte jedoch davor.

„Was glaubst du, was es mit diesem Elb auf sich hat?", fragte Lauriél Elranah, als es schon dunkel war. „Ich habe keine Ahnung", antwortete Elranah. Lauriél ließ sich auf einem Baumstumpf nieder. „Er ist wahrscheinlich einfach nur lange Zeit einsam gewesen. Deshalb war er so unfreundlich. Vielleicht ist er sogar ein bisschen verrückt.", meinte Elranah schmunzelnd. Lauriél schaute ins Feuer und beobachtete den einschläfernden Tanz der

Flammen. Kurz blickte sie in Richtung der Ruinen und sah auf einmal, dass Erol stumm neben ihr saß und sie beängstigend ruhig anschaute. Lauriél erschrak. Sie hatte ihn nicht kommen gehört. Auf seiner Schulter saß ein braun gefiederter Vogel. Es war ein sogenannter U'rak. Sie wusste, dass diese Vögel extrem gefährlich waren. Wenn sie einen beißen, pumpen sie Gift ins Blut, das einen nach kurzer Zeit tötet. Außerdem hatten sie ungeheure Kraft. Sie konnten leicht Lauriél und Elranah in die Luft heben. Auch konnten die Vögel nicht mit Magie verletzt oder getötet werden, da sie mit einem ewigen Schutzzauber belegt waren. Die U'rak, so wusste Lauriél, waren sehr selten. Vor langer Zeit, als Lauriél noch sehr klein war, wollte der Anführer der Zwörge, Bor'holt, ein Nest der U'rak ausrauben. Er unterschätzte die Vögel und kam bei dem Versuch um. Das Volk der Zwörge war wütend und begann mit der Auslöschung der U'rak. Nur wenige entkamen dem Zorn der Zwörge, denn sie waren unerbittlich gewesen. Und dann saß ein grinsender Elb mit einem U'rak auf der Schulter neben ihr! „Wer bist du?" fragte Lauriél. „Wie oft fragst du mich noch? Na ja, liegt wohl daran, dass ich dir die Frage noch nicht beantwortet habe. Wie du weißt, heiße ich Erol. Ich lebe am Rand des Düsterwaldes. Mein kleiner

Freund hier …", er streichelte den U'rak zärtlich, „heißt Paldin. Ich habe ihn gefunden als er, auf der Flucht vor den Zwörgen, sich den Flügel gebrochen hatte. Ich heilte ihn und kurz darauf rettete er mir das Leben. Seit dem bleiben wir immer zusammen. Ich selber bin in Al'fandel geboren. Schon als kleiner Junge lernte ich zu jagen und mit einem Bogen zu schießen. Eines Tages kamen meine Eltern und ich in mit anderen Elben von der Ernte, als uns menschliche Soldaten angriffen. Die elbischen Soldaten, die uns beschützen sollten, beschützten nur den Kornwagen. Ich konnte fliehen, doch meine Eltern starben. Damals schwor ich mir, dass ich nie mehr mein Leben in die Hände anderer geben würde. Ich floh in den Düsterwald, wo ich zu Essen fand und auch meinen kleinen Freund hier." Der U'rak gurrte zustimmend. „Ich überfiel viele Menschen, von denen ich auch meine Waffen habe, die du hier siehst. Ich bin umhergezogen als ich das Gerücht gehört habe, dass wieder Menschen da sind. Seit einiger Zeit lebe ich hier in der verfallenen Stadt. Ich habe sie sozusagen zu meinem Eigentum erklärt, da hier niemand herkommt und niemand sie für sich beansprucht." „Außer dir. Der sich kurzerhand eine Stadt zu eigen macht.", schmunzelte Lauriél. „Ja, das stimmt wohl. Was macht ihr? Was ist die genaue

Botschaft? Ihr habt mir bestimmt nicht alles erzählt."
„Doch. Wir sollen die anderen Städte vor den Menschen warnen. Die stellen nämlich eine Streitmacht zusammen."
„Aha. Habt ihr Waffeln? Ich habe Lust auf Waffeln."
Lauriél lachte und dachte darüber nach, was Elranah vorhin gesagt hatte. „Nein, leider nicht. Aber du scheinst ein fähiger Kämpfer zu sein. So einen wie dich können wir gebrauchen. Willst du dich uns nicht anschließen?"
„Ich kann so den Menschen schaden, außerdem muss ich… mal wieder etwas bewirken, also, wann geht es endlich los?" „Bald, mein Freund, bald", meinte Lauriél ruhig und ließ sich weiter vom Tanz der Flammen hypnotisieren.

Schuldgefühle

Die Gefährten saßen schweigend um das Lagerfeuer herum und aßen die Beute, die sie gejagt hatten. Es war nicht viel, aber es reichte. Nicht alle waren begeistert davon, Erol in die Gruppe aufzunehmen, aber sie ließen es zu. Jeder wusste, dass die Menschen sie wieder verfolgen würden und sie fähige Kämpfer gebrauchen konnten. Nach einiger Zeit fragte Lisa: „Hey Daloon, wie kommt es eigentlich, dass ein Zwörg in einer Gruppe Elben dabei ist?" „Das ist schwierig zu erklären. Aber wir haben ja Zeit. Es war vor drei Jahren. Wir befanden uns im Kampf gegen eine Gruppe von Menschen. Ich glaube es waren Verbannte. Ich war ein guter Kämpfer und immer bereit zum Angriff. Es war mitten im Kampf, als es geschah…

Ich näherte mich einem Abgrund und ein etwas dickerer Mann, der mindestens doppelt so groß, und auch doppelt so dick war wie ich, stand mir gegenüber. Ich befand mich nur noch ein paar Schritte vom Abgrund entfernt. Der Mann schlug mit seiner Keule zu. Er trug zerrissene Kleidung. Ich, in meiner Rüstung, wich aus und schlug ebenfalls zu. Ich traf den Mann am Bein. Der jaulte auf. Ich wich zurück als der Mann seine Keule hob. Doch zu spät, der Mann traf mich an der Brust und ich wurde zurückgeschleudert, über den Rand des Abgrundes hinaus. Mit letzter Kraft schleuderte ich meine Axt nach meinem Gegner, ob ich getroffen hatte oder nicht konnte ich nicht sehen. Ich fiel hinab, schloss die Augen und machte mich auf den Tod bereit. Dann kam ich unten auf und alles wurde schwarz...

„Zum Glück fanden mich Lauriél und Elranah rechtzeitig." „Schnell, wir müssen ihn verarzten. Er ist nahe daran zu sterben.", unterbrach Lauriél ihn lächelnd. „Hier sind ein paar Kräuter damit können wir ihn vorerst am Leben erhalten.", fügte Elranah hinzu. „Stimmt, das hattet ihr damals gesagt. Noch heute habe ich eine Narbe von diesem Kampf. Sie ist etwas sternenförmig. Ich bin seitdem bei Lauriél und Elranah geblieben. Meine Familie kam bei der Schlacht um. So viel konnte ich herausfinden. Danach war ich ein Jahr lang in Trauer versunken. Und dann kam Marcus zu der Gruppe dazu. Er ist ein fröhlicher Mensch und mit seiner Hilfe konnten Lauriél und Elranah mich aus der Trauer hinaus holen. So kam es dazu. Ob der Mann tot ist weiß ich nicht…" „Ich denke das reicht. Wir haben noch einen langen Tag vor uns. Wir sollten uns schlafen legen.", meinte Lauriél, die sah, dass Daloon alleine sein wollte. Marcus ließ sich jedoch nicht davon beirren und blieb bei seinem Freund. „Hey, sei nicht traurig, du kannst nichts dafür, was passiert ist. Du hast dein Bestes gegeben." „Ich weiß, das sagst du mir oft und doch habe ich das Gefühl, ich hätte mehr tun können. Es war meine erste Schlacht. Das erste Mal, dass ich jemanden getötet habe. Ich war gut im Kämpfen. Das haben mir immer alle gesagt, aber…" „Daloon. Fang jetzt nicht davon an. Versink nicht wieder in Trauer. Du hast ein gutes Leben und alles was du willst. Du kannst jetzt genug Menschen töten, die Böses getan haben." „Gute Idee. Das nächste Mal zählen wir. Und ich sage dir, Marcus, ich werde gewinnen." „Pah. Niemals. Mich wirst du nicht besiegen.", prahlte Marcus. „Lass uns doch demnächst mal einen kleinen Wettkampf veranstalten." „Einverstanden." Die beiden Freunde klopften sich auf die Schulter und unterhielten sich dann noch bis spät in die Nacht.

Flug durch die Lüfte

Lauriél wachte auf, als Erol sie heftig schüttelte. „Was ist passiert?" „Menschen! Sormina und Aurelia haben uns zum Glück noch warnen können, bevor sie uns niedermetzeln konnten. Komm mit!" Lauriél folgte Erol zu Elranah. „Lauriél, was sollen wir tun? Die Menschen kommen von allen Seiten. Es gibt keine Chance zur Flucht. Wenn wir kämpfen, gibt es ein Blutbad! Ich frage mich, warum sie so hartnäckig hinter uns her sind!?" Lauriél rieb sich den Schlaf aus den Augen und antwortete: „Wir könnten verhandeln." „Ich habe eine Idee!", warf Elranah ein.

„Ergebt euch.", rief König Lysander VI. „Niemals werden wir uns ergeben. Verhandelt mit uns!", rief Elranah. Die Gefährten standen in einem leichten Halbkreis. Lisa und Eva hinten, damit Lysander VI sie nicht als Menschen erkannte. Die beiden trugen Mäntel und hatten sich die Kapuzen tief ins Gesicht gezogen. Der König schaute sie mit zusammengekniffenen Augen an. „Warum sollten wir das tun?" „Weil ihr müsst, oder wollt ihr von den anderen zu Mus verarbeitet werden?", rief Daloon angriffslustig. „Welche anderen?", wollte Lysander leicht verwirrt wissen. Er schaute sich um. Überall im Gebüsch raschelte und knackte es. Was er nicht wusste: Es war Erol, der an Seilen, die an Äste gebunden waren, zog, so dass sich diese raschelnd bewegten. „Na gut – habt Ihr einen Vorschlag?", fragte Lysander VI verunsichert. „Wir beide", Elranah zeigte auf sich und Lauriél, „Gehen mit dir. Der Rest bleibt frei." Der König überlegte kurz, dann nickte er. Lauriél und Elranah traten vor und der König gab den Befehl, sie zu fesseln. Dann zog er ab. Daloon übernahm die Führung und die Gruppe ritt weiter in Richtung Mal'on. Lisa meinte nachdenklich: „Wie finden die uns eigentlich immer?" „Und wie sind sie den Wüstengeistern entkommen?", fügte Eva hinzu. „Vielleicht haben sie Späher oder so.", antwortete Karlunah ihnen. „Aber die hätten wir doch bemerkt?", fragte Lisa. „Du hast doch einen Schatten gesehen. Wir wissen nicht, was es war, allerdings kann sich kein Mensch so leise bewegen wie ein Elb, weshalb wir alle gedacht haben es sei nichts gewesen.", erklärte Sormina, „Außerdem waren wir alle übermüdet." In Gedanken versunken ritt die Gruppe hinter Daloon her.

Lauriél und Elranah wurden erneut in ein Zelt gesperrt. Nach ein paar Stunden kam König Lysander VI und gab den Befehl, die beiden auf Holzbretter zu legen. Dort wurden sie mit Eisenringen befestigt. Elranah fluchte. „Ha, damit habt ihr nicht gerechnet", höhnte der König. „Von uns werdet Ihr nichts erfahren", rief Elranah. „Oh, glaubt mir, ich habe so meine Methoden", prahlte Lysander VI. „Lieber sterben wir, als dass ihr etwas erfahrt!", knurrte Lauriél jetzt, die diesen Satz verstanden hatte. Denn auch wenn sie die Menschensprache nicht gut sprach, verstand sie teilweise die Sätze. „Soldat, peitsche sie aus." „Ja Sir!" Er kam mit einer langen Peitsche. Er schlug dreimal zu. Erst bei Elranah, dann bei Lauriél. „Los, noch mal, mindestens zwanzig Schläge.", rief der König. Elranah und Lauriél pressten die Zähne aufeinander und ertrugen still die Qualen. Nach weiteren zehn Schlägen kam ein anderer Soldat hinein: „Sir, draußen wartet ein Bote auf euch. Er hat wichtige Nachrichten." „Okay, wir fahren später mit dem Ausfragen fort. Soldat, bewache den Eingang." Er verließ das Zelt und ließ die beiden Elben blutend zurück. Kurze Zeit später hob sich langsam die hintere Zeltplane und Erol glitt leise herein. Als er den Zustand der beiden Mädchen sah, erschrak er. „Wir müssen die Eisenringe durchbrechen", flüsterte Elranah und versuchte, sich nichts anmerken zu lassen, „Wir müssen Magie benutzen.

Der König trägt die Schlüssel. Lauriél, kannst Du genug Kraft aufbringen in Deinem Zustand? In Magie bist du die bessere von uns beiden." „Ja, es wird schon gehen." „Ok, dann fang an." Lauriél schickte ihren Geist aus und tastete nach den Schwachstellen in den Eisenringen. Sie erfasste einen und bog ihn langsam ein Stückchen auf. Erol half mit einem Dolch nach. Mühsam zog sie ihre Hand heraus. Dasselbe machten sie mit den anderen Ringen. Dann fühlte sie nach Elranahs Ringen und bog sie auf. Keuchend sank sie zurück. „Schnell jetzt, wo ist Paldin?", fragte Elranah. „Er holt Smagon." „Wer ist Smagon?" „Auch ein U'rak. Er ist Paldins Freund." Da rauschte Paldin mit Smagon ins Zelt. Der Soldat schien nichts zu bemerken. Leise schlichen sie hinten aus dem Zelt. „Das muss jetzt sein, sonst kann er uns nicht tragen", sagte Erol und nahm Lauriél fest in die Arme. Paldin hob Erol und Lauriél hoch. Smagon griff nach Elranah.

Plötzlich hörten sie laute Rufe. „Sie haben unsere Flucht bemerkt!", keuchte Elranah. Smagon hob ab und die beiden U'rak rasten über das Lager davon. Dabei zogen sie die drei Elben mit sich, als wären es Federn. Bogenschützen schossen, Pfeile zischten an ihnen vorbei und streiften ihre Kleider. Ein Pfeil, schwarz wie ein Schatten, bohrte sich in Lauriéls Schulter. Das geschwächte Mädchen schrie vor Schmerz. „Lauriél ist schwer verletzt", teilte Erol Elranah in Gedanken mit. „Sie muss es bis nach Mal'an schaffen." So flogen sie weiter. Elranah überlegte, ob Lauriél ihr Schicksal vorausgesehen hatte und was sie sonst noch in ihren Visionen gesehen hatte.

Daloon und die anderen waren in Mal'an angekommen. Sie waren, er hatte nicht genau mitgezählt, ungefähr 15 Tage dorthin unterwegs gewesen. Aurelia hatte zwar ein paar Probleme bei der Führung gemacht, aber ansonsten war alles gut verlaufen. Eigentlich sogar spaßig. Lauriél, Elranah und Erol waren noch nicht eingetroffen. Und das bereitete ihm Sorgen, denn eigentlich hätten sie vor ihnen ankommen müssen. Sie konnten ja die Abkürzung nehmen, da sie flogen. Zumindest war das ihr Plan gewesen. Daloon war schon beim Herrscher, einem Zwörg, gewesen und hatte ihn informiert. Nun warteten sie. Sormina, Aurelia und Karlunah waren viel in der Stadt unterwegs oder kämpften auf dem Übungsplatz. Lisa und Eva begleiteten sie oft. Alle bestaunten die Kunstwerke, die die Zwörge errichtet hatten. Die Häuser waren alle in den Fels gehauen und die Stadt war halb außerhalb und halb im Felsen. Ein riesiger Platz reichte weit in den Berg und mindestens genauso weit draußen an der Felswand entlang. Marcus und Daloon waren die meiste Zeit auf dem Kampfplatz und trainierten. Es war eine große Ehre für die Zwörge Menschen in ihrer Stadt zu haben, da sie ja eigentlich mit ihnen verfeindet waren und gleichzeitig von ihnen abstammten. Sie zeigten den Menschenkindern sogar den Palast, in den sonst nur Zwörge durften. In den prächtigen Hallen hingen große Gemälde an der Wand. Nach einer Weile fragte Eva: „Warum hängen hier so viele Gemälde von Zwörgen an der Wand?" Ein prächtiger Mann kam auf einmal auf sie zu. „Das sind keine Zwörge. Das sind Zwerge!" Langsam ging der Mann, wahrscheinlich der König, auf sie zu und begann zu erzählen: „Vor langer Zeit, als es noch keine Zwörge gab, sondern nur die Zwerge, war die Welt dunkel. Sie schürften und gruben unter der Erde in der Hoffnung etwas zu finden, was die Welt verändern würde. Eines Tages fanden sie etwas. Es war ein mächtiges magisches Gestein. Mit diesem Gestein konnten sie Licht ins Dunkel bringen. Jedoch wussten sie, je tiefer sie gruben, je mehr bestand die Gefahr, dass die Höhle, in der sie lebten, einstürzte. Und eines Tages geschah es und das Zwergenvolk wurde ausgelöscht. Kurz zuvor entstanden die ersten Zwörge aus Verbindungen zwischen Zwergen und Menschen. Wir kannten unsere Vorfahren nur sehr kurz und deswegen halten wir sie in Ehren, da sie trotz der bevorstehenden Gefahr weiter gegraben haben, um die Welt zu einem besseren Ort zu machen." Nach dieser Geschichte machten sich alle noch mehr Sorgen, ob Erols waghalsiger Plan geglückt war.

Nach fünf Tagen trafen Lauriél, Elranah und Erol ein. Lauriél war bewusstlos und fieberte. „Was ist passiert?", rief Karlunah panisch. „Ein schwarzer Pfeil hat sie getroffen. Er muss vergiftet gewesen sein. Ich habe ihre anderen Verletzungen geheilt, aber sie wacht nicht auf!", erklärte Elranah erschöpft. Man hörte Lisa nach Luft schnappen. „Er hat ihn benutzt!" „Was ist so Besonderes an dem schwarzen Pfeil?", fragte Aurelia. „Mein Vater hat ihn in ein spezielles Gift getaucht. Es heißt LinQüt. Es wirkt fast immer tödlich, selbst wenn man den Betroffenen behandelt, bleibt immer etwas im Körper zurück und die Wirkung setzt nach einiger Zeit wieder ein. Ich weiß nicht, ob es bei Elben auch so wirkt." Lisa holte schaudernd Luft. „Unser Blut verdrängt die meisten Gifte. Ich werde mal sehen, was ich über LinQüt herausfinden kann.", meinte Karlunah besorgt und war die nächsten Tage in der Bibliothek verschwunden, wenn sie sich nicht gerade bei ihrer Schwester befand.

Lauriéls Zustand verschlechterte sich. Die Heiler des Herrschers von Mal'an bekamen das Gift nicht aus Lauriéls Körper heraus. Sie lag in einem kleinen abgedunkelten Zimmer, da ihr helles Licht nicht gut zu tun schien. Sie war nach ein paar Stunden in der Stadt aufgewacht. Die fünf Heiler hatten einen Heiltrank zubereitet, gaben Lauriél aber nur kleine Mengen davon, da er sehr stark war. Wenn einer der Heiler das Tuch von ihrem Gesicht entfernen wollte, wehrte sie sich verzweifelt, trotz ihres schlechten Zustandes. Manchmal murmelte sie etwas, aber man konnte es nicht verstehen. Es klang verzweifelt.

Einmal glaubte ein Heiler etwas zu hören wie „Elranah und Erol holen". Er lief sofort los und brachte die beiden in das Krankenzimmer. „Raus ….. gehen … Heiler", keuchte Lauriél. Alle Heiler nickten und verließen eilig das Zimmer. „Tisch … Flasche…", Lauriéls Stimme wurde immer leiser. „Hier ist sie – was sollen wir damit tun?" drängte Erol. Mit letzter Kraft gab Lauriél die Anweisung: „Ihr beide… eure Heilmagie mischen …. mit dem Heiltrunk, dann muss ich alles auf einmal trinken." Sie keuchte und musste husten, „Nehmt mir das Tuch ab, ich möchte, dass ihr mein Gesicht seht." „Hast du so etwas schon einmal gemacht?" fragte Erol Elranah. „Nein, noch nie, aber wir müssen es versuchen, sie stirbt sonst." Sie legten beide ihre Hände an die Flasche und ließen gleichzeitig ihre Heilmagie in die Flüssigkeit einsickern. Erol schwenkte die Flasche vorsichtig, während Elranah Lauriél etwas aufsetzte. Sie nahm ihr vorsichtig das Tuch ab. Erol stockte der Atem. Sie war wunderschön. „Du musst jetzt trinken, Lauriél, los!" Gemeinsam flößten sie ihr den Trunk ein. Vorsichtig legten sie Lauriél wieder hin. Ihre Augen waren geschlossen, aber sie atmete ruhig. „Berichte du den anderen, ich halte Wache", sagte Elranah leise und zog das Tuch wieder vor Lauriél Gesicht, da sie wusste, wie wichtig ihr das war.

Eine dunkle Gestalt klopfte an ein heruntergekommenes Haus. Die Tür öffnete sich und die Gestalt trat hinein. „Habt ihr sie gefangen?", fragte sie. „Nein. Diese eine Elbin ist verdammt gut mit dem Schwert und die andere erledigt alle mit ihrem Bogen. Bei der einen dachte ich erst, sie sei nur eine normale Waldläuferin, aber die ist eine Halbelbin. Sie kämpft richtig gut mit ihrem Zweihänder und die Rothaarige wirbelt immer mit ihren Säbeln rum und köpft meine Soldaten. Die beiden

Jungs…über die will ich erst gar nicht reden. Außerdem haben sie Verstärkung bekommen. Zwei aus meinen Reihen haben sich ihnen angeschlossen. Außerdem waren noch viele im Gebüsch. Ich hab schon zu viele Männer verloren." „Das kann nicht sein!!! Ich werde es selbst machen. Gebt mir nur ein paar von euren Männern." Wütend stapfte er im Kreis. „Ja, du bekommst ein paar." „Gut. Sag deinen Soldaten, dass sie sich bereit machen sollen zum Angriff. Wir können bald loslegen." „Mach ich. Welche Stadt willst du als erstes angreifen?" „Eine der Zwörgenstädte. Die Elben haben schon einen Verlust erlitten. Jetzt sind die anderen dran." Die Gestalt verließ wieder das Haus und lief zurück, als ob nichts geschehen wäre.

Als die anderen eintrafen, schlief Lauriél ruhig. „Ich konnte endlich das Gift aus ihrem Körper holen.", sagte einer der Heiler leise. Sobald Erol das Zimmer verlassen hatten, waren die Heiler wieder gekommen und hatten den Rest Gift aus dem Körper herausgeholt. Sie waren ein wenig schockiert darüber gewesen, dass sie das ganze Heilmittel auf einmal getrunken hatte, aber jetzt schien es ihr besser zu gehen. „Und wie geht es jetzt weiter?", fragte Lisa unruhig. „Sie wird sich erholen, aber es wird bestimmt noch ein paar Tage dauern, bis ihr eure Reise fortsetzten könnt." Alle atmeten erleichtert aus. Erol und Elranah redeten leise hinten im Raum. „Wer ist sie?", fragte Erol. „Ich dachte immer, sie wolle sich einfach nicht zeigen, doch jetzt nach all den Jahren hatte ich da gar nicht mehr drauf geachtet. Jedoch weiß ich im Moment ehrlichgesagt nicht, wer oder was sie ist.", antwortete Elranah. Erol schaute hinüber zu den anderen. „Wollen wir es ihnen erzählen?", fragte er leise. „Nein. Wenn Lauriél es möchte, macht sie es schon selbst." Danach nickten sie sich kurz zu und gesellten sich zu der Gruppe. Nach zwei Tagen ging es Lauriél schon viel besser. Nachdem ein Heiler sie untersucht hatte, sagte er: „Lauriél! Dein Zustand ist jetzt so gut, dass ich mit Freuden berichten kann: Du bist bereit für die Fortsetzung der Reise!" Bei diesen Worten sprangen alle Gefährten aufgeregt auf und jubelten. Sie alle hatten ihre Sachen schon am Morgen gepackt. Und nun konnte es am Mittag losgehen. „Danke nochmals für eure Hilfe.", sagte Lauriél zum Herrscher der Zwörge. „Nichts zu danken. Wir helfen immer wo wir können.", erwiderte dieser. „Gute Reise!", rief er ihnen hinterher, dann waren sie auch schon hinter dem nächsten Hügel verschwunden.

Geheimnisvolle Höhlen

Raue, steile Abhänge lagen zu beiden Seiten an den hohen Bergen, die bis in die Wolken ragten. Obwohl das Gebirge „Klein-Gebirge" hieß, war es, so fand Eva, schon ziemlich groß. Langsam glitt Paldin durch die Luft, während Erol, Lauriél, Elranah und der Rest der Gruppe sich durch die scheinbar endlosen langen Täler quälten. „Kommt schon! Wir müssen uns beeilen!" rief Elranah. Jeder wusste, wie gefährlich es war, hier in einen Hinterhalt zu geraten. Lauriél beobachtete gebannt, wie Paldin in der Luft Kunststücke aufführte. Sie fragte sich, wie sich der Geist eines solchen Tieres wohl anfühlen würde. Sie sandte ihren Geist nach Paldin aus und traf, zu ihrem Erstaunen, auf ein lebendiges Bewusstsein. Sobald sie Paldin berührte, zuckte er zuerst zurück, doch dann ließ er sanft die Berührung zu. Sie schaute Erol an, der nur lächelte und meinte: „Den Geist eines Tieres solltest du nicht unterschätzen." Kurz darauf bog der steinige Pfad nach links ab. Abrupt endete er und sie standen vor einem gigantischen Höhleneingang. An den Seiten war der riesige Bogen mit zwergischen Runen beschrieben. Erol stieg vom Pferd und die anderen taten es ihm nach. „Das….", sagte Erol, „sind die Höhlen von Fer'modar.

Die Zwerge haben sie einst gebaut, um den Transport von Nahrungsmitteln durch das Gebirge zu ermöglichen. Es ist ein endloses Labyrinth mit nur einem richtigen Weg, den nur die auserwählten Händler kannten. Wir müssen hier durch, um schnell durch das Gebirge zu kommen. Es ist eine Abkürzung. Seid vorsichtig, es gibt viele Fallen!"
„Weißt du den Weg?", fragte Sormina misstrauisch.
„Nein, aber Paldin weiß ihn." Missmutig beobachtete Sormina den U'rak, folgte aber den Gefährten. Nachdem sie den Pferden die Hufe mit Lumpen umwickelt hatten, gingen sie langsam auf den Eingang zu. Sobald sie drinnen waren, sprach Aurelia einen Zauberspruch, um Licht zu machen. Eine weiße strahlende Kugel erhellte den Weg vor ihnen. Sie konnte nur wenig Magie, aber für das Licht reichte sie. Die Magie war unter den Elben immer weniger verbreitet. Nur noch wenige beherrschten sie vollständig. Halbelben, wie Sormina, konnten meist gar keine Magie, außer ein Elternteil war ein sehr mächtiger Magier, dann passierte es manchmal, dass Halbelben auch magische Kräfte hatten. Jedoch war das äußerst selten. Sie gingen immer weiter, angeführt von Paldin, der mit seinem Geruchssinn den richtigen Weg ausmachen konnte. Auf einmal blieb Erol stehen, drehte sich zu ihnen um und legte den Finger auf die Lippen.

Langsam, in gebückter Haltung ging er auf eine kleine abgedunkelte Nische in der Wand zu. Plötzlich schnellte seine Hand vor, in der ein Dolch blitzte. Ein Gurgeln ertönte und ein Mann mit einem Schnitt im Hals fiel zu Boden. Hinter Erol rannte ein weiterer mit einem Schwert auf ihn zu. Er kam wahrscheinlich aus einer weiteren kleinen Höhle, die die Gefährten in dem schwachen Licht nicht gesehen hatten. Blitzschnell zog Erol sein Schwert aus der Scheide, schlug mit einem Schlag die Hand des Gegners ab, korrigierte seinen Schwung und trennte das rechte Bein des Banditen mühelos ab. Erol schwang sein Schwert hoch über den Kopf und rammte es dem Gegner in den Rücken. Mit einem schmerzerfüllten Schrei starb der Mann. Als Erol aufschaute, sah Lisa ihn schockiert an. „Warum hast du sie gleich getötet? Man hätte sie doch entwaffnen oder bewusstlos schlagen können." Erol steckte sein Schwert weg. „Ich habe nur etwas gehört und wusste nicht was es war. Ich wollte nur sicher gehen. Sicherlich hätte er uns sonst getötet. Es ist schon traurig, dass sie jetzt sterben mussten." „Hä? Warum denn? Du hast doch selbst gesagt, dass sie uns umgebracht hätten.", widersprach Daloon verwirrt. „Die armen Schweine haben doch kein Land mehr und müssen sich mit Stehlen über Wasser halten. Hier ist es wenigstens warm und halbwegs sicher. Sicherlich haben sie hier in der Nähe ein Lager gehabt und versprachen sich fette Beute machen zu können. Jedoch kommt heutzutage kaum noch einer durch diese Höhlen. Wir waren wahrscheinlich die ersten seit Wochen, die diesen Weg genommen haben und die Banditen sicher verzweifelt. Siehst du nicht, wie dünn und ausgemergelt sie sind?", meinte Erol. Lisa nickte zustimmend, doch Daloon schaute sie verständnislos an. „Dann ist es besser, sie sind jetzt erlöst. Den Winter hätten sie sowieso nicht überlebt.", mit dunkler Stimme fuhr er fort, „Es gibt außerdem noch ganz andere Gestalten in diesen Höhlen." „Ich hasse Banditen.", fauchte Sormina. Schnell lief die Gruppe durch die Gänge. Es wurde langsam immer heißer. Kampfbereit gingen sie eine Weile schweigend weiter. Die Waldläufer sicherten den Weg nach vorne, Karlunah und Daloon sicherten nach hinten, als Marcus abrupt stehen blieb. Er starrte auf einen riesigen See aus Lava, der mit ewiger Magie abgekühlt wurde und der sie vom anderen Ende des Ganges trennte. „Was sollen wir tun? Paldin kann uns nicht alle rüber tragen.", fragte Eva verunsichert. „Magie", sagte Erol, „Magie".

Magie

Elranah, Lauriél und Erol, die die mächtigsten Magier der Gruppe waren, schlossen die Augen, verbanden ihre Geiste und riefen gleichzeitig: „Lamá ortho lir[9]!" Die Lava bebte und erhob sich langsam zu beiden Seiten. Sormina, Aurelia und Karlunah staunten. Auch den beiden Menschenmädchen war große Überraschung anzusehen. Sie hatten so etwas noch nie erlebt. Als die Lava aus dem Weg war, rannten alle außer den drei Magiern mit den Pferden hindurch. Da passierte es. Lauriél brach zusammen und ein Teil der Lava stürzte zusammen. Lauriél wurde ohnmächtig. „Lauft, lauft!!!", schrie Sormina und rannte noch schneller. Alle kamen unbeschadet hinüber, und auch die Pferde schafften es. Obwohl die dann ein wenig verängstigt waren und erst mal von Karlunah und Marcus beruhigt werden mussten. Elranah und Erol brachen den Magiestrom ab und kümmerten sich um Lauriél. Schon bald wachte sie auf. „Wie sollen wir jetzt hinüber kommen?" fragte Elranah. „Es könnte uns Paldin tragen. Wir sind nur drei, das müsste er schaffen.", schlug Erol vor. „Gute Idee!" Paldin

---

[9] Lava, erhebe dich

kam angesaust und Erol und Elranah legten Lauriél in seine Klauen. Er flog sie auf die andere Seite. Karlunah hob Lauriél mit Sorminas Hilfe auf den Boden. Dann flog er zurück und brachte Elranah und Erol. „Geht ihr schon einmal weiter und kundschaftet den Weg aus. Folgt Paldin.", sagte Erol. „Ich finde euch." Daloon übernahm die Führung und folgte schnell dem Vogel. Elranah nahm Lauriél das Tuch ab. Lauriéls Gesicht war nass und sehr blass. Ihre Augenlider zuckten. „Wasser, bitte". Erol holte den Wasserschlauch und gab Lauriél zu trinken. Er schauderte, als er sie berührte, ihre Haut war eiskalt. „Danke." Sie versuchte, aufzustehen. Elranah half ihr auf. Langsam gingen sie weiter. Lauriél holte eine Flasche heraus und nahm einen Schluck daraus. Dann ging sie hinter den anderen her. Das Tuch band sie sich wieder um. Die anderen Gefährten führten die Pferde.
Der Magiestrom war doch ein wenig zu stark für sie gewesen. Manchmal blickte Aurelia nach hinten und sah einen Schatten, der ihnen folgte. „Seht ihr den Schatten auch?", fragte sie leise. Alle schüttelten den Kopf. Lauriél erholte sich im Laufe der nächsten Tage langsam. Elranah und Erol waren sehr neugierig, warum sie so viel Wert darauf legte, dass niemand ihr Gesicht sah, und versuchten sie immer wieder darauf anzusprechen, aber

sie wich ihnen aus. Sie wollte nicht darüber sprechen. Sie blieb immer in der Nähe von Sormina oder Karlunah. Aurelia war meistens auch dabei. Eines Nachmittags passte Lauriél nicht auf und blieb etwas zurück. Elranah nutzte ihre Chance und packte sie am Arm. Lauriél wich Elranahs besorgtem Blick aus. „Warum hast du uns in Mal'an dein Gesicht gezeigt? Du zeigst es niemandem sonst. Du bist doch nicht hässlich! Was steckt hinter der Geschichte mit dem Tuch?" „Keiner kennt mein Gesicht, nur meine Eltern. Das ist aber auch schon Jahre her. Aber jetzt seid ihr meine Familie. Ich hatte Angst zu sterben, ohne dass ihr wisst, wie ich im Leben ausgesehen habe. Ich konnte es einfach nicht mehr ertragen, es vor euch zu verbergen." Plötzlich erinnerte sich Elranah an das Zusammentreffen mit Lavenda und den Hass zwischen den beiden jungen Frauen. „Mit Lavenda – es ist nicht nur dieser Schnitt, stimmt's?" „Sie ….. sie kennt mein Gesicht auch." Lauriél wollte sich losreißen, doch Elranah hielt sie fest. „Warum?", fragte sie energisch. „Es begann in der Schule", begann Lauriél mit verzweifelter Stimme, „Sie wusste, dass ich mein Gesicht niemandem zeigen möchte, aber sie wollte es unbedingt sehen. Eines Tages, auf dem Heimweg, haben sie mir aufgelauert. Ich bin weggerannt, doch ihre beiden Freunde hatten mich bald eingeholt.. Sie hielten mich fest und ich wehrte mich mit Magie, sie kam nicht an mein Gesicht heran. Doch dann verletzte sie mich am Arm. Meine Konzentration ließ nach und sie riss mir das Tuch herunter. Sie sagte noch, dass ich mit Tuch besser dran wäre bei dem hässlichen Gesicht, danach ließen sie mich blutend liegen. Ich hatte gerade noch Zeit, mir das Tuch wieder hochzuziehen, da kam auch schon Hilfe. Ich habe nie erzählt, dass Lavenda mein Gesicht kennt, die Schande wäre zu groß gewesen. Seitdem lebe ich mit der Angst, dass mein Vater davon erfahren könnten." Elranah lockerte den Griff und Lauriél riss sich los und rannte weg. Elranah ließ sie gehen, wunderte sich aber, was so besonderes an Lauriéls Gesicht war, dass sie es verbergen wollte und wieso sie von Schande sprach.

Überquerung

Elranah grübelte darüber nach, was Lauriél ihr erzählt hatte und ging zurück zu der Gruppe, die aus trockenen Zweigen ein Feuer gemacht hatte. Die Höhle hatte geendet und sie hatten ein paar tote Bäume gefunden. Als Erol sie fragend ansah, schüttelte sie nur den Kopf. Zusammen aßen die Gefährten ein wenig Brot, das sie noch übrig hatten. Lauriél kam zurück und blickte scheu zu Elranah hinüber. Elranah grübelte noch ein wenig, dann legte sie sich hin und schlief ein.

Am nächsten Morgen brachen sie in aller Frühe wieder auf. Diesmal ritten sie. Sie durchquerten noch mehrere Höhlen, ohne weiteren Gefahren zu begegnen. Plötzlich hörten sie irgendwo in der Ferne ein panisches Brüllen. „Das hört sich nach einem Drachen an.", meinte Daloon. „Einem der Angst hat.", murmelte Karlunah. „Wir müssen ihm helfen!", rief Sormina. Alle galoppierten los. Sie hasteten durch endlose Gänge, bis sie in eine Höhle kamen, aus der schmerzerfülltes Brüllen erklang. Sie lugten um die Ecke und sahen einen Drachen, der sich verzweifelt gegen eine Horde von B'rureks wehrte. Hinter ihm lagen zwei Eier. Schwerter, Dolche und Äxte gezückt, stürzten sich die Gefährten auf die B'rureks.

B'rureks waren riesige Fledermäuse, die sich eigentlich von kleineren Lebewesen ernährten. Sie hatten große Fangzähne und lange Krallen. Eine Zeit lang hörte man nur das Sirren der Flügel und das Klirren der Waffen, die gegen die Krallen der Fledermäuse stießen. Karlunah warf einen ihrer Dolche in die Luft und traf eine im Bauch, die sofort tot auf den Boden fiel. Auf Aurelia hatte sich ein ganzer Haufen gestürzt und sie wirbelte wie ein Wirbelsturm herum und schlitzte einigen die Kehle auf. Erol wehrte ein paar mit seinem Schwert ab. Er war es gewohnt, auf einem Schlachtfeld gegen etwa gleich große Gegner zu kämpfen und nicht gegen welche, die um ihn herum in der Luft schwirrten, was ihm einige Probleme bereitete. Elranah kämpfte mühelos gegen zwei B'rureks gleichzeitig und Lauriél schoss einen Pfeil nach dem anderen ab. Sormina und Marcus kämpften jeder für sich und drängten die Fledermäuse auseinander. Lisa und Eva dagegen halfen sich gegenseitig, hielten sich aber im Hintergrund. Noch konnten sie nicht so gut kämpfen. Dann endlich waren die B'rureks besiegt. Die meisten flohen, doch eine ganze Reihe lag blutend auf dem Boden. Sormina atmete auf. Die meisten von ihnen hatten nur ein paar Kratzer abbekommen. Plötzlich berührte ein gewaltiger Geist den der Gefährten. Eva und Lisa schrien auf und bedeckten ihre Ohren in dem Versuch, die gewaltige Macht abzuwehren. Der Rest blieb einfach stocksteif stehen. „Danke, dass ihr meine Kinder beschützt habt, Edhelth[10] und Elvellona[11]!", tönte eine weiche Stimme durch den Kopf der Gefährten, „Sie können hier nicht mehr bleiben, da die B'rureks mein Nest entdeckt haben. Ich bitte euch, lasst meine Kinder Drachen mit Reitern werden." Lisa und Eva schauten sich verängstigt an. Sie hatten gerade bemerkt, wer mit ihnen redete. „Wer ist euer Anführer?", fragte der Drache. Noch ein wenig geschockt machten Lauriél und Elranah einen Schritt nach vorne. „Wir, Drathon[12]." Der Drache schaute sie an, ihr mächtiger Geist prüfte die Elben. Dann sagte sie: „Nehmt euch jeder ein Ei. Ich habe meine Kinder gefragt – du, Verschleierte, dir gehört das grünblaue. Dir, blonde, dir gehört das rotblaue. Kümmert euch gut um sie. Und denkt immer daran – sie sind freiwillig bei Euch. Sollten sie jemals ihre Freiheit begehren, müsst ihr sie ihnen gewähren." Die beiden Elben nahmen feierlich jede ein Ei. Elranah sprach: „Danke dir, großer Drathon. Wir werden gut auf sie aufpassen. Wir schwören, sie frei zu

---

[10] Elben
[11] Elbenfreunde
[12] Drache

lassen, sollten sie dies je begehren." Zögernd sprach sie weiter: „Wir hätten jedoch noch eine Frage, weiser Drathon, vielleicht kannst du uns helfen. Wir suchen den Stein der Macht. Weißt du, wo wir ihn finden können?" Der Drache zuckte zurück: „Dieser Stein ist böse. Er verkörpert die Macht. Wer ihn nicht richtig gebraucht, kann das Gleichgewicht unserer Welt auseinander bringen. Haltet euch davon fern." Dann wandte sie sich um, jetzt mit Zweifel in ihren Augen, ob sie die richtige Wahl getroffen hatte. Erol schaute Elranah merkwürdig an. Der große Drache verschwand mit schweren polternden Schritten in einer der vielen Höhlen.

Die Gefährten machten sich wieder auf den Weg. Elranah und Lauriél mit den beiden Dracheneiern in den Armen folgten ihnen langsam. Nachdem sie die Höhlen verlassen hatten und noch ein Stück gewandert waren, machten sie Halt. In der Ferne sahen sie den gewaltigen Fluss Kévas, über den sich eine endlose Brücke spannte, die im Nebel verschwand. Daloon übernahm die Führung der Gruppe während Elranah und Lauriél diese ruhige Phase der Reise nutzten und mit Eva und Lisa lernten und übten, denn Lauriél war wieder vollständig gesund. Marcus gesellte sich zu Daloon und die beiden begannen ein Gespräch über Waffen, was in einer heftigen Diskussion endete, als Sormina anfing mit zu diskutieren. Elranah war gerade dabei Eva einen neuen Kampfzug beizubringen, als sie Aurelia sah, die gerade eine Felswand hochkletterte. „Aurelia! Was machst du da? Komm sofort wieder runter." „Ich will aber diesen Vogel dort fangen. Er gibt bestimmt einen guten Braten ab." „Du bist verrückt wenn du weiter kletterst, es ist zu gefährlich." „Ach was, ich schaff das schon." „Hey Aurelia! Wir haben keine Lust dich vom Boden aufzukratzen. Du kriegst den Vogel eh nicht.", rief Marcus spöttisch dazwischen. Die Gefährten fingen an zu lachen. „Ist ja gut, ich komme schon." Sie grummelte die ganze Zeit vor sich hin während sie hinabkletterte. Auch als sie wieder aufbrachen, brummelte sie noch. Die anderen lächelten nur darüber. Manchmal konnte sich Aurelia nicht halten und machte irgendwelchen Unsinn, entweder sie versuchte andere zu ärgern oder sie brachte sich selbst in Schwierigkeiten. Sie war einfach frech. Sie durchquerten mehrere Felder und die beiden Mentoren fragten ihre Schüler die verschiedenen Verteidigungsmethoden ab. Sie ritten bis zum Abend, dann schlugen sie ihr Lager auf. Die Nacht, mit Daloon und Marcus als Wachen, verlief ruhig. Den nächsten Tag verbrachten sie auch mit Reiten. Es passierte nichts, außer, dass Marcus anfing zu singen und die anderen dazu brachte, sich die Ohren zuzuhalten. „Hör doch endlich mit dem Gejaule auf Marcus. Ich bekomme sonst noch einen Anfall.", stöhnte Daloon. Aurelia rief: „Da singt ja ein schreiendes Baby besser." Dann kamen sie an der Brücke an. Hier waren nicht gerade sehr viele Elben unterwegs, denn es war schon tief in der Nacht. Den Rest der Nacht verbrachten sie in einem Wirtshaus. Es standen vereinzelt Häuser auf der Brücke, denn man konnte ganz gut Geschäfte machen. Man musste nämlich in einem der Wirtshäuser übernachten, da es zwei Tage dauerte bis man die Brücke überquert hatte. Daloon beschwerte sich beim Frühstück über die Länge der Brücke. „Und wie hält das Ding überhaupt? Eigentlich müsste es schon längst eingestürzt sein." „Magie, Daloon.", sagte Erol. „Paldin würde normalerweise auch nicht zwei Elben auf einmal tragen können. Doch durch Magie wird es möglich." „Mpff.", machte Daloon nur. Die anderen mussten lachen.

Die Gefährten sahen immer wieder eine Gestalt oder einen Schatten. Doch nie konnten sie erkennen, um wen oder was es sich handelte. Wahrscheinlich war es nur ein einsamer Elb oder Zwörg, der hier entlang wanderte. Am zweiten Tag kam ein Sturm auf. Sie konnten sich kaum noch von der Stelle bewegen. Lange kauerten sie am Rand der Brücke ans Geländer gedrückt, denn bis zu einem Haus schafften sie es nicht mehr. Das nächste war gute fünfhundert Schritt entfernt. Es dauerte einige Stunden, bis der Sturm vorüber war. Die Pferde waren panisch und mussten die ganze Zeit beruhigt werden. Danach machten die Gefährten eine längere Rast. Alle waren nass bis auf die Knochen und froren im kalten Wind, der aufgekommen war. „Jetzt spürt man, dass der Winter nicht mehr weit ist.", sagte Karlunah zitternd. „Stimmt. Es kann nicht mehr lange dauern bis der erste Schnee fällt.", meinte Sormina. Daloon machte einen Übungskampf mit Marcus, als ihre Klamotten halbwegs getrocknet waren: „Hey! Wollen wir uns nach der vielen Reiterei und Warterei mal wieder bewegen?" „Ja klar, ich bin dir noch eine Revanche vom letzten Mal schuldig.", erwiderte Marcus auf Daloons Frage. „Wie? Eine Revanche? Du verlierst doch eh wieder." Nach einer halber Stunde Kampf einigen sich auf ein Unentschieden und gingen jagen. Es gab nicht viel auf der Brücke, was man jagen konnte, aber es lebten immerhin ein paar Kaninchen hier. Auch wenn Daloon sich nicht sicher war, wie sie ohne Gras zum Fressen überleben konnten. Aber er fand es gut, dass sie da waren. Derweil unterrichteten Sormina, die die Elbensprache gut beherrschte, und Karlunah die beiden Menschenmädchen in der Elbensprache. „Was heißt Aruun?", fragte Karlunah gerade. „König.", antwortete Lisa sofort. „Gut. Und was heißt Yesta?" „Heilen. Lauriél hat es benutzt, als mein Bein gebrochen war.", kam Eva Lisa zuvor. Auch Elranah, Lauriél und Aurelia trainierten Schwertkampf. Dabei sah es eher aus wie ein Tanz, nicht wie ein Kampf. Nach einer Weile kamen die anderen zurück und schauten zusammen mit den Menschenkindern wie verzaubert auf die drei Elben. Nur Erol schaute nicht ganz so abwesend wie die anderen.

Verbitterung

Nach dem Kampf waren die drei Elben ziemlich verschwitzt. Die Gefährten setzten sich ans Lagerfeuer und der Wasserbeutel wurde herumgereicht. Die Jagdbeute von Daloon und Marcus wurde zum Braten fertig gemacht. Das nächste und letzte Wirtshaus hatte zu und so mussten die Gefährten auf dem Steinboden der Brücke rasten. Sie scherzten miteinander und Marcus erzählte wie verrückt einen Witz nach dem anderen: „Elfen sind schon gemein. Schweine können wegrennen, Salat nicht" – „Was ist der Unterschied zwischen einem Zwerg und einem Elfenkind? Der Zwerg wächst geistig, der Elf körperlich."

Als die Braten fertig waren, wurde es still. Alle aßen und nachdem sie fertig waren keimte nur ab und zu ein Gespräch auf. Dann fragte Eva: „Sormina, wie bist du eigentlich zu der Gruppe gestoßen?" „Ich war spazieren, habe aber die falsche Richtung gewählt… Nein, Quatsch. Ich bin nach Marcus und Daloon in die Gruppe gekommen. Ich lebte bei einem Stamm weit im Westen. Ich wollte endlich einmal die Welt sehen. Mein Stamm ist einer der faulsten. Dass kann man ihnen ins Gesicht sagen, sie sind zu faul um sich zu rechtfertigen. Sie ziehen kaum noch herum, bleiben jahrelang an einer Stelle. Ich glaube, sie sind gar keine wirklichen Waldläufer mehr. Meine Mutter war eine Elbin, weshalb ich eine Halbelbin bin. Es war kurz vor meinem Aufbruch nach Al'fandel. ...

*„Sormina, willst du einfach so, ohne dich von deiner Familie zu verabschieden, gehen?", fragte eine Stimme hinter mir entrüstet. „Nein Mutter, sonst wäre ich schon längst weg." „Komm her, hast du auch alles? Geld? Decke? Mantel?" „Mutter. Ich werde schon alles haben.", meinte ich, wahrscheinlich abwehrend. Wir umarmten uns zum Abschied. „Na, meine Große!" „Vater, ich dachte du musst zur Arbeit?" „Ich habe frei bekommen für ein paar Stunden. So kann ich dich verabschieden." Er nahm mich in die Arme. „Pass gut auf dich auf ja?" „Mach ich. Du kennst mich doch." „Eben, und jetzt geh, bevor wir dich noch aufhalten." Daraufhin brach ich auf. Kurz winkte ich noch einmal meinen Eltern zu, dann versperrten mir die Bäume den Blick und ich schaute auch nie mehr zurück.
Ich bin den ganzen Tag gelaufen, bis es Abend war und auch den nächsten Tag hielt ich es so. Dann saß ich eines Abends gemütlich an einem kleinen Feuer und aß Fladenbrot mit Käse. Es war still, selbst die Tiere in*

meiner Umgebung schienen zu schweigen. Plötzlich hörte ich ein Geräusch. Ich sprang auf und schaute mich um. „Wer da?", rief ich in den Wald, niemand antwortete. ‚Wahrscheinlich nur ein Reh', dachte ich und setzte mich wieder hin und aß weiter, blieb jedoch wachsam. Hinter mir ertönte ein Knacken. So, als ob jemand auf einen Stock getreten wäre. Sofort schnellte ich hoch und zog mein Schwert. In der Dunkelheit vor mir fluchte jemand, eine männliche Stimme. Langsam schlich ich darauf zu, vorsichtig. „Raaaaaaa!", rief eine Stimme und auf einmal sprang jemand auf mich zu. Dieser jemand hatte einen Dolch in der Hand. Er war groß und hatte, wie ich sehr bald erfuhr, ziemlich viele Muskeln. Ich wurde auf den Boden geworfen, als wäre ich ein Kind mit einem Stock, und das Schwert fiel mir aus der Hand. Ich musste wohl nicht so gut gelandet sein, denn ein Schmerz durchzuckte meinen Arm. Dann war alles vorbei, der Unbekannte verschwand im Dickicht. Fluchend stand ich wieder auf, ja ich geb es zu, ich habe unanständige Wörter benutzt. Ich lief zum Feuer, was noch immer friedlich brannte, als wäre lediglich ein Falter vorbeigeflogen. Dann untersuchte ich meinen Arm. Es war nur ein einfacher Schnitt, aber mit einer ordentlichen Prellung. Ich nahm einen Stoffstreifen und reinigte den Schnitt, um ihn dann *anschließend zu verbinden. Danach suchte ich meinen Lagerplatz ab. Es war alles da, bis auf mein Schwert und mein Geld…*

„So kam ich nach Al'fandel, wo ich eine Schenke suchte. Aber kein Gasthaus nimmt Leute auf, die nicht bezahlen können. Es war spät am Abend und schließlich fanden mich Elranah und Lauriél in einer Gasse und nahmen mich auf. Ein paar Mal habe ich meine Familie besucht. Ich habe einen Bruder, namens Cjlros, jetzt ist auch er auf Reisen. Ja, hm, das war meine Geschichte." „Hast du jemals den Angreifer gefunden?", fragte Lisa ungläubig. „Nein.", traurig schüttelte sie den Kopf. „Aber es hat mich gelehrt immer wachsam zu sein und Fremden niemals zu vertrauen, sie vertrauen einem schließlich auch nicht. Das Geld kann ich verschmerzen, aber das Schwert war von meinem Vater. Es bedeutete mir viel." Verbitterung schwang in ihrer Stimme mit. „Na los. Lass uns für diese Nacht ruhen. Wir haben noch einen weiten Weg vor uns.", gähnte Karlunah. „Ich halte als erste Wache.", rief Aurelia, die nicht schlafen wollte. Der Rest der Gefährten legte sich hin.

Düsterwald

Nach dem Frühstück ritten sie weiter. Kurz darauf erreichten sie das Ende der Brücke. Sie ritten nun auf den Wald zu. Die Gefährten mussten auf der kurzen freien Fläche sehr aufpassen, dass keine Menschenpatrouille sie entdeckte, oder ein anderer Feind. Nach weiteren zwei Tagen waren die Freunde tief im Düsterwald. Einmal sahen sie viele kleine, bunt leuchtende Feen. Alle hatten fasziniert zugeschaut, wie die Feen um sie herumtanzten. Eva hatte versucht eine zu fangen und hatte sich dabei aber nur eine Brandwunde geholt, denn es waren Feuerfeen gewesen. Als die Feen verschwunden waren, war es im Düsterwald, wie sein Name schon sagt, ziemlich dunkel. Große, fast schwarze Bäume ragten über ihnen auf. Nur manchmal gelangte ein Lichtstrahl durch das dichte Blätterdach.

Es lagen nur noch drei Tage bis nach Dün'ar vor ihnen, als Elranahs Ei zu wackeln begann, erst leicht, dann immer heftiger. Es bildeten sich kleine Risse, die langsam immer größer wurden, dann krachte es und ein kleiner, blauroter Drache schlüpfte. Langsam näherte er sich Elranah. Die streckte ebenso langsam die Hand aus. Dann berührten sie sich. Es begann zu regnen und ein roter

Blitz, eingerahmt von blauem Licht zuckte über den Himmel. Dann war es vorbei und Elranah fiel in Ohnmacht. Der Drache legte sich leise glucksend neben sie. Die anderen bauten ihr Lager auf und warteten bis Elranah wieder aufwachte. Sie waren hungrig und da es immer noch regnete und blitzte, wollte keiner weiterreisen.

Am nächsten Tag schlüpfte auch Lauriéls Drache. Es war dasselbe Spiel. Nur dass es diesmal ein grüner Blitz mit blauem Licht war und der Drache blaugrün war. Wieder regnete und blitzte es danach noch ein paar Stunden und die Gefährten warteten ab, bis alles vorbei war. Als Dün'ar, eine Elbenstadt, die hoch in den Bäumen lag, endlich in Sicht kam, war es bereits stockfinster. „Kommt doch mit in mein Haus. Es ist hier in der Nähe", sagte Erol. Das nahmen die Gefährten gerne an. Erols Haus, das in einen Baum geschnitzt war, sah aus wie der Kopf eines Drachen.

Erol überbrachte die Botschaft von den vordringenden Menschen am nächsten Tag. Da der König ihn kannte, wurde er bald vorgelassen und konnte das Anliegen vortragen. Der Rest badete, schaute sich die Stadt an oder schlief einfach weiter. Der Herrscher war nett und gab ihnen viel Verpflegung und neue Pferde. Nach zwei Tagen brachen sie bald wieder auf. Es fing an zu regnen und der Wald wurde noch dunkler. Die Stimmung war bei allen auf dem Tiefpunkt, zu schön war im Gegensatz dazu der kurze Aufenthalt in der Elbenstadt gewesen.. Die Drachenbabies jagten nach den Regentropfen, was dann früher oder später alle zum Lachen brachte. Schon bald kletterte Lauriéls Drache auf ihren Arm, krallte sich in ihrem Umhang aus Leder und schlief ein. Marcus fing an Witze zu erzählen und die Gefährten lachten sich kaputt. Die Stimmung wurde immer besser. Aurelia lachte so doll, dass sie vom Pferd fiel. Das brachte die anderen nur noch mehr zum Lachen. Irgendwann fingen sie an ein Lied zu singen. Lisa und Eva hörten fasziniert zu. Es war ein Gesang mit allen Stimmlagen. Die Elben in einer hohen Gesangslage, Daloon in einer tiefen. Die Waldläufer ergänzten sie durch die mittlere Lage.

> Der Drachenjäger lief hinfort.
> Vom König geschickt
> um die Drachen zu töten
> lief er gen Berg geschwind.

Zur gleichen Zeit die Drachen riefen:
Tod, Tod dem Drachenjägern
in Ewigkeit
der getötet hat den Herrscher!

So flogen sie los
in Richtung Burg
zu töten den Jäger
und Rache zu üben.

Der König ohne Jäger nun
getötet mit Schmerz und Qual.
Der Jäger lief hinfort gen Berg
zu töten die Drachen schnell.

Die Drachen folgten
schnell wie der Wind.
Der Jäger floh
entkam jedoch nicht.

So kehrten sie Heim
und feierten,
denn jetzt drohte keine Gefahr mehr,
weder vom König,

noch vom Jäger.

Tod, Tod dem Jäger in Ewigkeit.
Tod, Tod dem König in Ewigkeit.

„Woher kommt das Lied?", fragte Lisa, nachdem sie geendet hatten. „Es stammt aus einer Legende, als die Drachen noch weit verbreitet waren. Ich werde sie euch ein andermal erzählen.", antwortete Karlunah.
„Und…gibt es heute nicht mehr so viele Drachen?", fragte Eva zögern. „Nein, sie verschwanden vor Hunderten von Jahren. Seitdem sieht man sie nur noch vereinzelt und immer seltener." „Es war Glück, dass wir den Drachen gesehen haben und uns jetzt seine zwei Jungen begleiten. So eine Chance bekommst du nie wieder.", meinte Sormina.

Unerwünschter Besuch

Der Weg, den die Gefährten nahmen, führte immer tiefer in den Wald hinein, so sah die Umgebung zumindest aus. Er wurde ziemlich schnell unebener und schmaler und sie kamen kaum noch voran. Schon bald mussten die Gefährten absteigen und die Pferde führen. Die Waldläufer waren sich jedoch sicher, dass es der richtige Weg war. Es wurde schon Nacht als sie vor einer Art Wand aus Bäumen anhielten. Verwirrt blickten sie auf die Mauer und suchten vergeblich nach einem Durchlass. Erol schluckte. „Das", sagte er zögernd, „ist ein magischer Mechanismus des Waldes, der ausgelöst wird, wenn ihm eine große Gefahr droht. Das habe ich erst ein einziges Mal erlebt. Das war in der Zeit, als die B'rureks über das Land herzogen. Es gibt einen Weg, die Wand zu öffnen. Wir müssen zurück zu meinem Haus." „Als die B'rureks angriffen? Das ist ganz schön lange her! Wie alt bist du eigentlich?", fragte Lauriél neugierig. „Älter als du denkst!" Lauriél und Elranah schmunzelten, doch Erols Miene blieb ernst. „Kommt, ich muss zurück! Einer sollte mit mir mitkommen. Der Rest kann hier warten.", zischte er und ließ eine Kugel aus Licht in seiner Hand erscheinen. „Ich komme mit!", meldete Marcus sich freiwillig. „Gut, geht. Wir werden hier warten", stimmte Lauriél zu. Sie sahen den Beiden hinterher und bauten danach ihr Lager auf. „Wer übernimmt die erste Wache?", fragte Sormina nach einer Weile. „Das kann ich machen.", schlug Karlunah aus eigenem Antrieb vor. „Gut, ich übernehme die zweite Wache. Weck mich, wenn du müde wirst. Und pass gut auf.", schärfte Sormina Karlunah ein. Die nickte nur und nahm ihren Platz ein Stück vom Feuer entfernt ein. Die anderen legten sich schlafen.

Erol verschwand im Haus, um nach etwas zu suchen. Marcus schaute sich neugierig um, während Erol eine Truhe langsam öffnete und etwas vor sich hin murmelte: „Das darf nicht sein. Viel zu früh… Der Meldaskan darf noch nicht…" Er machte sich mit Marcus auf den Weg zurück. Den ganzen Weg über redeten sie kein Wort. Doch schließlich konnte Marcus nicht mehr anders und fing fröhlich an ein Lied zu pfeifen. Erol, der sehr besorgt war, stöhnte auf. „Bitte Marcus. Es ist nicht an der Zeit so fröhlich zu sein." „Na gut.", maulte Marcus und hörte auf zu pfeifen. Allerdings fiel ihm das sehr schwer. Dann kamen sie wieder am Lager an. Erol und Marcus ließen sich erschöpft neben dem Feuer nieder. Marcus schlief sofort ein. Lauriél, die mittlerweile mit der Wache an der Reihe war, trat langsam an Erol heran und fragte ihn, was es mit dem Baumwall auf sich hatte. „Er nennt sich auch Meldaskan. Es bedeutet, dass große Gefahr sehr nahe ist. Der Wald verhindert damit, dass Kämpfe in ihm stattfinden. Der Angriff der Menschen war schlimmer, als ich dachte." Er senkte den Kopf und starrte betrübt auf den Boden. Lauriél hielt es für besser, wenn sie ihn in Ruhe ließ. Sie verstand, dass er nach dem anstrengenden Ritt durch die Nacht und zurück keine Lust zu langen Erklärungen hatte. Jetzt hielt Aurelia Wache.

Am nächsten Morgen trat Erol mit einem Leinensäckchen vor und nahm vorsichtig den Inhalt heraus. Es war etwas bläulich Leuchtendes in einer Metallfassung, mit Runen und Buchstaben bedeckt. Es war, so vermutete Marcus, ein Artefakt. Erol legte es vor die dichten Baumstämme und murmelte etwas in einer Sprache, die niemand der Gefährten kannte. Auf einmal knackte und quietschte es um sie herum und die Mauer gab einen Weg frei. Schnell packte Erol das Artefakt und ließ es im Leinensäckchen verschwinden. Wortlos ritten sie weiter in Richtung Süden. Sobald alle Gefährten durch die Lücke im Baumdickicht geritten waren, schloss sie sich mit leisem

Kacken und Rauschen wieder. Karlunah beeilte sich um neben Erol zu reiten und fragte: „Was war das für ein Artefakt?" Erol reagierte nicht und ritt einfach weiter. Paldin kreischte, zog an ihrem Ohr vorbei und setzte sich auf Erols Schulter. „Komm schon, Erol. Was ist so besonders an dem Ding?", drängte Karlunah. „Es ist kein Ding!", brummte er. „Was ist es dann?", fragte sie weiter. „Du nervst, Karlunah." Er trieb sein Pferd an und trabte ein kurzes Stück. Kopfschüttelnd folgte sie ihm. Sie ließen den Wald jetzt hinter sich. Es wurde wieder steiniger und nur vereinzelt gab es noch größere Baumgruppen.

Kurz darauf sahen sie braune Zelte zwischen dem Dickicht hervorlugen. Die Drachen blieben hinter den Bäumen versteckt. Eine Zeitlang beobachteten sie das Lager. Sie sahen kleine Menschen mit Bärten. Später erfuhren sie, dass es ein Kriegslager der Zwörge war. Sie gingen auf das Hauptzelt zu, aus dem schon ein stämmiger braunbärtiger Zwörg herauskam. Erol, der direkt vor dem Zelt stand, salutierte. Der Zwörg lächelte. „Seid gegrüßt, Kommandant Etukon!", sagte der Zwörg. „General Maksam, schön, Sie wieder zu sehen!", antwortete Erol. Auf einmal platzte Lauriél heraus:

„Etukon?! Kommandant? Erol, was verschweigst du uns?" „Na ja …, das ist eine lange Geschichte … Aber ich habe als Nebenjob eben als Kommandant den Zwörgen geholfen. Und was den Namen betrifft, das ist mein Nachname." Er grinste wie ein Honigkuchenpferd. Dann meldete sich der General zu Wort: „Ich glaube, wir sollten hinein gehen, Sir. Dort ist jemand, den ihr sehen solltet." Als sie alle im Zelt waren, sahen sie, dass Lavenda am Tisch saß. „Was macht die denn hier?" Lauriél warf Lavenda einen hasserfüllten Blick zu. „Nur eine Botschafterin, die uns eine Nachricht überbrachte." Lauriél hob eine Augenbraue und ließ sich auf einem Hocker nieder. Erol ergriff das Wort: „Warum habt ihr so weit draußen ein Lager? Das ist sehr riskant!" „Es befindet sich in der Nähe eine Kompanie von menschlichen Soldaten. Wir haben den Befehl, sie aus Dün'ar fernzuhalten. Wir sind gerade auf den Weg in die Nähe der Stadt." „Wo genau befindet sie sich?" „Genau dort!" Der General zeigte auf eine Karte. „Wenn ihr weiter geht, solltet ihr unbedingt hier entlang gehen". Er zeichnete eine Linie ein. „Danke für euren Rat, General! Ich befürchte, dass wir in der Tat bald wieder gehen müssen. Wir müssen die restlichen Städte noch warnen, bevor es zu spät ist. Bis dann!" Er winkte die Gefährten mit sich und sie brachen auf. Sormina warf einen misstrauischen Blick zu Lavenda. Sie vertraute keinem, den sie nicht näher kannte. Sie hatte zuerst auch den Menschenmädchen und Erol nicht getraut. Jedoch waren sie jetzt schon sehr lange zusammen unterwegs, das hatte ihr Misstrauen gemildert.

Nach ein paar Stunden erklangen Hörner um sie herum. „Verdammt!" zischte Erol, „das sind Menschenhörner. Die haben uns entdeckt. Zieht eure Waffen! Die Drachen und Pferde in die Mitte. Im Kreis aufstellen!" Elranah runzelte die Stirn, befolgte aber die Befehle. Sein Ton klang bereits sehr militärisch, was ihr nicht gefiel. Lauriél legte einen Pfeil an, Sormina zog ihr Zweihandschwert und Karlunah ihr Schwert, Daloon hielt seine Axt hoch, Marcus nahm sein Doppelschwert und Aurelia zog ihre Säbel hervor und zu guter Letzt ließ Erol seinen Dolch hervorschnellen und zog sein mit Rubinen besetztes Schwert, das in der Sonne aufblitzte. Noch keiner der Gefährten hatte es je in voller Pracht gesehen. Dann ging plötzlich alles sehr schnell. Die Soldaten griffen von allen Seiten an. Lauriél schoss blitzschnell Pfeile ab, die verwundete Soldaten niedergehen ließen. Daloon schwang die Axt mit Gebrüll um sich und köpfte vier

Soldaten auf einmal. Erol sprang auf einen Menschen zu, schlitze ihm mit dem Dolch die Kehle auf und stieß sein Schwert in den Bauch eines Mannes. Paldin, der erstaunlich gut kämpfte, flog im Sturzflug auf Soldaten zu, die versuchten seinen Freund von hinten anzugreifen. Doch es wurden immer mehr und mehr Soldaten. Erol merkte, dass die Gefährten und er selbst schwächelten. Also griff er in das Leinensäckchen, zog das Artefakt heraus und schrie ein Wort. Alles wurde sehr hell und totenstill. Die Soldaten waren verschwunden. Die Gefährten aber nicht. Sie starrten nur fassungslos Erol an. „Wir wurden wahrscheinlich von Lavenda verraten. Ich habe sie aus dem Zwörgenlager schleichen sehen.", meinte er, als sei nichts passiert. „Was ist das? …. Was hast du gemacht?", fragte Sormina kopfschüttelnd. „Ich habe euch nicht alles über meine Vergangenheit erzählt. Das …", sagte er und hob den Stein in die Höhe, „ist der Stein der Macht."

Der Stein der Macht

„Warum hast du uns nichts gesagt? Du weißt doch, dass wir den Stein suchen!", rief Sormina aufgebracht. „Ich musste erst einmal prüfen, ob ich euch trauen kann. Außerdem, je mehr davon wissen, desto mehr steigt die Gefahr, dass der Hüter umgebracht wird." „Und du bist der Hüter?", fragte nun Aurelia. „Ja. Aber lasst uns weiter reiten. Wir wissen nicht, ob weitere Soldaten in der Nähe sind." Er drehte sich um und ritt voraus. Es war ganz offensichtlich, dass er keine weiteren Erklärungen geben wollte.

Die nächsten Tage verbrachten sie in Angst vor weiteren Angriffen. Sie kamen wieder in die Berge und mit der Zeit wurde es immer kälter. Karlunah erinnerte sich, dass jetzt Winter war. Eva war sich sicher, dass sie wieder einen Schatten sah, der ihnen folgte, aber die anderen sahen es nicht. Nachts verdoppelten sie die Wachen. Alle schliefen schlecht und waren schlecht gelaunt. Es war kalt und sie froren. Auch die Drachen, die immer größer wurden, konnten sie nicht aufheitern. Sie hatten eher Bedenken, die Drachen jagen zu lassen, um ihren Standort nicht zu verraten, was deren Laune auch nicht verbesserte. Zwischendurch fing es an zu schneien und je höher sie im

Aquell-Gebirge kamen, desto mehr Schnee fiel. Jetzt konnte man immer schwerer Feuerholz finden und so froren die Gefährten in den Nächten. „Da wäre mir doch die Hitze in der Wüste lieber.", stotterte Lisa. „Ich würde gerne ein heißes Bad nehmen und danach etwas in der Taverne saufen gehen.", erwiderte Daloon. Irgendwann in diesen Tagen hatte Lauriél Erol gefragt, wie der Stein der Macht funktionierte. Man musste den Stein aus dem Säckchen herausnehmen und das Zauberwort oder die Zauberwörter sagen. Damit es funktioniert, musste der Hüter den Stein dabei berühren oder in seinem näheren Umfeld sein.

Endlich trafen sie in Fam'men ein. Es war eine von den Zwörgen in den Berg gehauene Stadt. Ein großer Rubin tauchte sie in rotes Licht. Diamanten funkelten an den Wänden. „Daloon, willst du uns zu dem Statthalter führen?", fragte Marcus. „Klar", er führte sie durch den Markt zu einem großen Palast. „Ich schlage vor, dass nur zwei von uns zum König gehen, er ist manchmal ziemlich schlecht gelaunt. Der Rest kann ja nach einem Gasthaus Ausschau halten. Ich habe gehört, dass das Gasthaus zum roten Kristall sehr gut ist.", meinte Daloon. „Ich gehe mit!" rief Marcus. „Okay, wir anderen schauen uns mal um. Ich freue mich schon auf einen Waschtrog und ein richtiges Bett", stimmte Elranah zu. Die Drachen hatten sich vor der Stadt versteckt um kein Aufsehen zu erregen. Daloon und Marcus wurden zum König vorgelassen. „Mein König. Wir überbringen eine Botschaft von Elbenkönig Leivan.", begann Daloon. „Lasst hören.", meinte der König gelangweilt. „Wie ihr vielleicht schon gehört habt, greifen die Menschen unser Land an. Der Elbenkönig bittet daher um Beistand." „Und deshalb hat euch der König geschickt?" „Ja, mein König, er wünscht Waffen und Krieger, denn er glaubt, dass ein Kampf unausweichlich sei." Der König überlegte eine Weile. Er ließ einen Berater kommen. Beide warfen manchmal düstere Blicke zu den beiden Gefährten. „Warum sollte ich euch helfen?", wollte der König nach einer Weile wissen. „Wir bitten um Euren Beistand im Kampf, da wir selbst unseren Gegnern zahlenmäßig unterlegen sind." „Es ist aber nicht unser Kampf. Wir würden Soldaten verlieren, nur um euch die Haut zu retten.", sagte der Berater mit düsterem Blick. „Es könnte aber euer Kampf werden. Wenn wir in der Schlacht versagten, würden die Menschen als nächstes nach Süden in eure Richtung kommen. Dann hättet ihr den Kampf zu schlagen. Wir wären nicht mehr da, um euch zu helfen. Deswegen würdet ihr genauso untergehen wie wir.", sagte Marcus in einem ruhigen aber bestimmten Ton. „Um es kurz zu machen. Erst würden wir drauf gehen, danach Ihr. Ihr könnt euch entscheiden, ob ihr jetzt kämpft und die Menschen zurückschlagt oder ob Ihr euch zurücklehnt und die Hände in den Schoß legt, bis die Armee bei Euch angelangt ist.", knurrte Daloon etwas unfreundlicher. Der Berater warf ihm einen noch düsteren Blick zu, schien aber zu überlegen. Der König besprach sich wieder mit seinem Berater. Schließlich ging dieser hinaus, ohne ein Wort an Daloon oder Marcus zu richten. Eine Weile lang sah der König sie mit ausdruckslosem Gesicht an, dann sagte er schließlich. „Gut. Wir werden ihm Waffen schicken. Meine Krieger werden sich bereit machen.". „Danke, mein König." Daloon und Marcus sahen sich erleichtert an und verbeugten sich. Danach verließen sie den Thronsaal und machten sich auf den Weg zum Gasthaus.

Lauriél setzte sich zu Erol in eine Ecke des Gasthauses. Lange blieben beide still. „Wie alt bist du wirklich?", fragte Lauriél schließlich. „1000 in Elbenjahren." „Oha. Das ist ziemlich alt." „Ja. Ich habe schon viel erlebt. Mehr als genug." „Wie der Stein?" „Wie der Stein.", bestätigte Erol Lauriéls Frage. „Es ist sehr riskant ihn ständig bei sich zu haben.", er stoppte, als die Bedienung mit einem

Bier und einer Limonade kam. Als sie weg war, fragte er:„Soll ich dir meine Geschichte erzählen?" „Ja. Gerne:", antwortete Lauriél.

Erinnerungen

„Tja dann fang ich mal an... wie du weißt sind meine Eltern bei einem Überfall der Menschen umgekommen, weil uns die Patrouille nicht beschützt hat sondern nur die wertvollen Kornwagen. Aber ich denke ich fange von ganz von vorne an. Wir waren zwar nicht reich, hatten aber mehr Geld als die meisten anderen Bauern. Ich habe das immer komisch gefunden, da wir nie mehr oder weniger als die anderen Bauern gearbeitet hatten. Der Unterschied war: Mein Vater war kein Bauer. Er war Leibwächter der Royalen Garde, die den König beschützt. Er hat deinem Großvater mal bei einem Attentat das Leben gerettet." Lauriél starrte ihn an und fragte: „Warum war er denn dann Bauer? Konntet ihr nicht einfach in Reichtum leben wie die anderen Leibwächter?" Erol schüttelte den Kopf: „Nein, da mein Vater etwas anderes hatte als die meisten anderen Wächter." Lauriél schien verwirrt: „Und das wäre?!" Erol grinste breit. „Kommst du da nicht selber drauf, Lauriél? Es sitzt vor dir! Mein Vater hatte ein Kind! Deswegen konnte er nicht zeigen, dass er ein Leibwächter war - sonst hätte man mich als Erpressung benutzen können, sodass er den König in

Gefahr bringen könnte." Erol legte eine kurze Pause ein, um etwas zu trinken. „Ich führte ein unbeschwertes Leben. Ich ging zur Schule, war viel unterwegs und hatte viele kleine Abenteuer in einem Wald nicht zu weit von unserem Hof entfernt. Jedoch war das Leben nicht immer einfach und fröhlich wie zu den meisten Zeiten auf den Feldern. Erinnerst du dich an den grauen Sommer mehrere Jahre vor deiner Geburt? Ihr müsstet das in der Schule gehabt haben." Lauriél kniff ihre goldenen Augen zusammen, während sie nachdachte. Dann nickte sie lächelnd und sagte: „Ja, das hatten wir irgendwann mal in Geschichte, glaube ich. War das nicht das Jahr mit dem vielen Regen? Und dasselbe Jahr in dem dann der große Hunger herrschte? Das heißt natürlich nicht, dass mich das je interessiert hätte." Lauriél zwinkerte Erol zu. Er antwortete gelassen: „Ja, den meine ich. Viele waren krank und manche starben sogar. Ich trat danach der Armee bei, natürlich hatte mein Vater mir mittlerweile erzählt, was er wirklich tat. In der Armee traf ich auch deinen Vater, Leivan. Er war sehr intelligent und verbrachte viel Zeit mit alten Romanen und Büchern. Er war mein bester Freund. Ich kam nach einiger Zeit in den Besitz des Steines… Aber das ist eine andere Geschichte. Leivan erfuhr davon und da er aus seinen vielen Büchern wusste, was dieser Stein vermag, wurde er gierig und wollte ihn besitzen. Wir hatten bereits beide hohe Positionen im Heer, ich war General und er war Kommandant. Er war schon so sehr neidisch auf mich. Dann kam der Angriff der Menschen auf die Kornwagen. Meine Eltern starben, ich konnte mich noch retten. Ich hatte versucht sie zu beschützen, jedoch war ich außer Dienst und die Wachen haben nicht auf mich gehört. Sie starben und ich war wütend auf das elbische Reich. Ich floh in den Norden mit dem Stein und lebte dort einige Jahre. Dann traf ich auf Paldin. Er wurde von einer Meute Zwörge verfolgt, die ihn fangen wollten, da er einen ihrer Jäger scheinbar getötet hatte. Oder einfach nur weil sie die U´rak hassten. Er kam verletzt auf mich zu und da ich nicht wusste, was ich machen sollte, half ich ihm. Die Zwörge, nun ja, sie waren nicht sehr erfreut darüber, dass ich einem U´rak geholfen habe. Zuerst wollten sie mich gefangen nehmen und töten, was sie eh nicht geschafft hätten, doch dann erkannte mich ihr Anführer. Er verlangte von mir, den Zwörgen beim Kampf gegen die Menschen beizustehen, da die Lage zwischen ihrem Volk und den Menschen immer angespannter wurde. Ich willigte ein und arbeitete ein paar Jahre für sie. Als die Zeit gekommen war, beschloss ich, Paldin aufzuspüren und mit ihm gen Süden zu reisen. Das ist praktisch die kurze Version meines Lebens. Daraufhin machte ich dort für eine Weile menschlichen Spähern das Leben schwer und hatte eine Unterkunft in der verlassenen Stadt. Tja, dort traf ich dann euch."

Neue Feinde

Gut erholt, mit neuem Proviant versehen und in besserer Laune brachen die Gefährten am nächsten Tag wieder auf. Sie hatten wärmere Kleidung gekauft, da jetzt der Winter richtig einsetzte. Der Schnee ging ihnen bis zu den Knien.
Am Abend schlugen sie ihr Lager auf. Lauriél war gerade dabei, mit Lisa kämpfen zu üben, als Karlunah angerannt kam. „Elranah will dich sprechen." „Wo ist sie denn?", fragte Lauriél. „Da hinten auf der Lichtung.", keuchte Karlunah. „Danke!" Lauriél lief los. Karlunah fragte Lisa, ob sie mit ihr üben wolle.

Als Lauriél ankam, saß Elranah auf einem Stein auf der Lichtung und schaute in den Wald. Vor ihr lag eine große Landkarte. Doch als sich Lauriél sich ihr näherte drehte sie sich um. „Ah, Lauriél. Ich wollte dich einmal fragen, was wir jetzt mit Lavenda machen. Sie wird wahrscheinlich vor uns in Al'fandel sein. Wir müssen noch durch die ganze Flussebene hindurch, um den Elfen Bescheid zu geben." „Ich weiß nicht.", antwortete sie wahrheitsgemäß. „Hm, ich auch nicht, wir können ja einmal darüber nachdenken." „Vielleicht kann einer der

Herrscher der Städte, durch die wir noch kommen, eine Nachricht nach Al'fandel senden." „Stimmt. Wir können ja mal fragen." „Wir können Paldin schicken. Erol meinte, dass er über einen guten Orientierungssinn verfüge." Eine kurze Zeit lang herrschte Schweigen und Lauriél beobachte Elranah, die grübelnd über der Landkarte hing. Sie hatten schon viel zusammen durchgemacht. Doch das war ihr größtes Abenteuer. Dann sagte Elranah: „Wir haben uns ziemlich lange nicht mehr über die Drachen unterhalten. Sie sind schnell gewachsen. Meiner hat mir gestern seinen Namen verraten, als sich unsere Geister zum ersten Mal berührt haben." „Ja, meiner auch, wir sollten den anderen vielleicht sagen, wie sie heißen." „ Ja, aber erst beim Essen." Lauriél nickte. Gedankenverloren ging sie zu ihrem Drachen. Er war mächtig gewachsen und konnte auch schon etwas fliegen. „Wie geht es dir?", fragte sie. „Gut, aber ich habe Hunger." „Oh, dann solltest du jagen gehen. – Datin, was sagst du eigentlich zum Stein der Macht?" Drachen hatten von Geburt an viel Wissen in sich. „Ich würde ihn deinem Vater nicht bringen." „Du meinst Leivan. Er ist nicht mein Vater …. nicht mehr!" „Entschuldigung. Also, dieser Stein kann Leute, die ihn nicht richtig gebrauchen, böse machen, sie verzaubern." Lauriél antwortete nicht.

Sie legte sich hin und starrte in die Dunkelheit. Beim Essen stellten sie dann ihre Drachen vor. Lauriéls hieß Datin. Elranahs Marin. Sie war ein Weibchen, Datin war ein Männchen.

Unruhig wälzte sich Karlunah hin und her. Irgendetwas stimmte nicht. Sie musste, seit sie den Stein der Macht gesehen hatte, an den Streit zwischen ihrem Vater, Leivan, dem Elbenkönig, und Lauriél, ihrer großen Schwester, denken. Sie konnte sich nicht mehr an den Grund des Streites erinnern. Nur daran, dass Lauriél Leivan nicht mehr als ihren Vater anerkannte. Aurelia merkte, dass etwas nicht stimmte. „Was ist los, Karlunah?" „Es ist dieser Streit zwischen meiner Schwester und meinem Vater. Ich erinnere mich nicht mehr an den Grund.", sagte Karlunah leise. „Oh, ach so. War es nicht irgendetwas mit diesem Zeichen auf der Schulter?" Karlunah nickte. „Stimmt. Ich habe so eine Vorahnung, dass es mit dem Stein zusammen hängt." Jeder der in Al'fandel aufgewachsenen Gefährten wusste von dem Streit. Den neu hinzugekommenen Mitgliedern hatten sie nichts davon erzählt. Es war einfach nicht wichtig gewesen.

Am nächsten Morgen, Marcus und Daloon hatten schon gejagt, brachen sie gleich nach dem Frühstück auf. Aurelia übernahm diesmal die Führung und unterhielt sich mit Karlunah über den letzten Sommer. Es schien beiden ewig lange her. Marcus und Daloon redeten über die schönsten Kristalle, die sie in Fam'men gesehen hatten und der Rest übte Pflanzen erkennen mit den beiden Menschenmädchen. Sormina war besonders gut darin und brachte auch den Elben noch Verschiedenes bei.

Nach weiteren ereignislosen, aber kalten Reisetagen trafen sie auf eine Gestalt, die an einem Felsen lehnte. „Halt, wo wollt ihr hin? Ach, nein, spart euch die Antwort." Lauriél zuckte zusammen. „Lavenda!" „Ja, ich bin's!" sagte Lavenda mit einem triumphierendem Glänzen in ihren Augen. „Verräterin!", fauchte Lauriél. „Nein, ich stehe im Dienst von Leivan, deinem Vater und König." Erol guckte überrascht zu Lauriél. „Was ist?", fragte Lauriél. „ Er will den Stein haben, oder?! Er darf mich nicht erkennen.", flüsterte Erol schnell. „Er würde mich erkennen und all sein Hass der letzten Jahre würde neu entfacht werden." Er sprach eine Beschwörung und schlagartig sah er aus wie ein Händler aus Nel´fandel.

Dann, aus der Finsternis eines Felsens heraus, trat Leivan hervor. „Hallo Gefährten. Ich glaube, ihr habt ihn gefunden, den Stein der Macht." Hinter ihm kamen Menschensoldaten heran. Karlunah schrie auf. „Komm zu uns, Vater!" „Oh, macht euch keine Sorgen um sie. Es sind meine Verbündeten.", winkte er ab. „Aber sie haben uns viermal, glaube ich, angegriffen!", sagte Aurelia verwirrt. „Das erkläre ich euch später. Gebt mir den Stein!", erwiderte Leivan ungeduldig. „Wir haben ihn nicht!", rief Lauriél schnell. „Nein?" Mit langsamen Schritten kam er auf sie zu. Sie war abgestiegen. „Dann brauchst du ja nichts vor mir zu verbergen." Eine eiserne Klinge bohrte sich in ihre Gedanken. Mit einem Schluchzer fiel sie auf die Knie. „Gebt mir den Stein!", rief er, „oder wollt ihr sie noch mehr quälen?" Er starrte einen nach dem anderen an. Bei Erol, Lisa und Eva machte er kurz Halt. Keiner sagte ein Wort. „Ihr habt es so gewollt." Er drehte sich um und gab seinen Soldaten einen Wink. Jeweils zwei von ihnen entwaffneten und fesselten einen Gefährten. Diese wehrten sich nicht, sie waren zu geschockt. Zum Glück hatte Elranah die Drachen rechtzeitig weggeschickt, so dass Leivan sie nicht gesehen hatte. Zumindest hoffte sie das. Lavenda sprach leise mit Leivan, dann gab sie den Soldaten, die

Lauriél, Elranah und Erol hielten, einen Wink mitzukommen. Anscheinend waren sie ziemlich nah am Hauptlager, denn schon bald kamen die ersten Zelte in Sicht. Lavenda ließ sie in ein großes Zelt bringen. „Dort hin!". Sie zeigte auf den hinteren Teil des Zeltes. Als die Soldaten gegangen waren, sah Lavenda die drei Gefangenen an. „Also, Leivan hat mich beauftragt, den Stein der Macht zu ihm zu bringen. Ich darf alles tun, um diese Aufgabe zu erfüllen." Mit einem gehässigen Lachen ging sie langsam auf sie zu. „Ihr drei seid ja anscheinend die Anführer dieser Gruppe. Wie du heißt, erfahre ich sicher gleich", sagte sie, an Erol gewandt. Sie schlenderte zu Lauriél und zog ihr das Tuch weg. „Das brauchst du hier nicht, ich kenne dein Gesicht ja schon! Wie schade, hier drin kann man dich ja gar nicht erkennen". Lauriél schnaubte wütend. Lavenda durchsuchte die drei gründlich. Sie fand den Stein der Macht nicht. „Mit wem soll ich anfangen? Ich glaube, mit dir, Elranah. Und versuch' dich ja nicht zu wehren!" Sie drang in Elranahs Gedanken ein. Elranah zuckte unter dem Schmerz zusammen.

Sormina sah nur, wie Lauriél, Elranah und Erol zu einem anderen Zelt geführt wurden, dann wurden sie unsanft nach vorne gestoßen. Kurz danach befanden sie und die anderen sich in einem riesigen Zelt. Vor ihnen stand Leivan. „Weiß einer von euch wo der Stein der Macht ist?" All keiner antwortete, sagte er einem Soldaten etwas. Dieser kam auf Karlunah zu und löste ihre Fesseln. „Komm zu mir, Tochter. Bringt die anderen zu den Menschen, die können sie dann mit ihren Gefangenen zusammensperren." „Warum tust du das Vater?", fragte Karlunah verzweifelt. Leivan sah sie nur kalt an. Karlunah konnte ihren Vater nicht mehr in dem Mann vor ihr wieder erkennen. Nun verstand sie, warum ihre Schwester ihn nicht mehr als Vater anerkannte. „Du bist nicht mein Vater. Mein Vater würde so etwas nie tun.", flüsterte Karlunah. „Tochter. Du kannst nichts dagegen tun. Genauso wenig wie deine Schwester. Ihr habt mein Blut in euren Adern. Ich werde immer euer Vater bleiben.", meinte Leivan nur. Kurze Zeit später hörte man aus seinem Zelt einen entsetzlichen Schrei.

Lavenda versuchte immer noch, in Elranahs Gedanken einen Hinweis auf den Verbleib des Steins zu finden. Elranah hatte diesen Teil ihrer Erinnerungen wie in einer Art Blase abgetrennt und tief in ihrem Innersten versteckt. Sie wand sich verzweifelt und versuchte, Lavenda aus ihren Gedanken herauszudrängen. Sie wurde abgelenkt, als Karlunah in das Zelt kam und Lavenda etwas gab. „Karlunah!", rief Erol, „Hat er dich frei gelassen? Geht es dir gut?" Doch diese reagierte nicht, sondern drehte sich mit steinerner Miene um. „Karlunah!", eindringlich flüsterte Lauriél ihren Namen. Sie blieb stehen und blickte Lauriél mit toten Augen an. Lauriél versuchte in ihren Geist einzudringen, stieß aber auf eine kalte Mauer. Lavenda las derweil die Nachricht. Sie lachte hämisch: „Die kann dir nicht mehr helfen, sie gehört jetzt ganz und gar Leivan." Karlunah sagte mit ausdrucksloser Stimme: „Er kommt." Kurz darauf trat Leivan ein. „Gut, wie ich sehe, hast du Lavenda die Nachricht überbracht, Tochter. Lavenda, was hast du herausgefunden?" „Noch gar nichts, Aruun, in Elranahs Erinnerungen ist kein Hinweis auf den Stein zu finden. Sie müssen ihn aber haben, bei dem Überfall hinter dem Zwörgenlager können sie nichts anderes benutzt haben, die Spuren waren zu eindeutig. Dieser Mann war noch nicht dabei. Dafür jemand anderes.", meinte sie. Er drehte sich zu den Gefangenen um. „Wie heißt du?", fragte er Erol. „Ich heiße... Naran", sagte Erol zögernd. „Wachen, bringt Naran und Elranah ins Nebenzelt, ich muss mit meiner Tochter allein reden. Lavenda, du kannst später in Ruhe weiter machen.", befahl er. Lavenda verbeugte sich und verließ das Zelt. Zwei Wachen zerrten die beiden gefangenen Elben brutal nach draußen. Ein Windstoß fuhr herein und brachte ein wenig Schnee mit. Elranah und Lauriél tauschten einen verzweifelten Blick. „Wie kommt es, dass Lavenda nichts über den Stein in euren Gedanken gefunden hat?", fragte Leivan nachdenklich. „Nun ja, ihr werdet ihn nicht ewig verstecken können." Er bemerkte gar nicht, dass sie nicht verschleiert war. „Was hast du mit Karlunah gemacht?" schrie Lauriél ihn an. „Unterbrich mich nicht, Tochter!" „Ich bin nicht deine Tochter. Nicht mehr!" „Doch das bist und bleibst du. Ich werde dir deine Frage beantworten. Magie. Sie wollte mir nichts sagen – jetzt hat sie keine eigenen Gedanken mehr." „Das kannst du nicht tun! Sie ist deine Tochter." „Doch, und ich werde es auch deinen Freunden antun, wenn ihr mir nicht sagt, wo der Stein der Macht ist!" „Nein!" Lauriél zerrte verzweifelt an ihren Fesseln. Leivan sagte lachend: „Dich werde ich verschonen, Lauriél, damit du ihr Elend mit ansehen und deine Schuld begleichen kannst." Lauriél starrte auf den Boden. Tränen liefen ihr über die Wangen. „Niemals tue ich das." sagte sie schließlich mit zitternder Stimme. „Überlege es dir gut, entweder so oder mit Gewalt. Irgendwann wirst du auf meiner Seite sein." Er kam auf sie zu und hob ihr Kinn an. „Ja oder Nein?" Er starrte sie an und versuchte, während er redete, in ihre Gedanken einzudringen. Sie erschuf einen Schutzwall nach dem anderen und wehrte sich mit aller Kraft. Schweißperlen standen auf ihrer Stirn. „Nein", flüsterte sie leise, „ich kann meine Freunde nicht im Stich lassen." Er schüttelte erstaunt den Kopf. „Wie du willst. Noch etwas – das Zeichen auf deiner Schulter hat du noch, oder?" Er versuchte immer noch, in ihre Gedanken einzudringen, als sie antwortete: „Ja." Ihre Blockade hielt und er zog seinen Geist zurück.

Alles verloren?

Leivan holte seinen Dolch heraus und schnitt ihr das Gewand an der Schulter auf. Lauriél schrie auf. Sie versuchte, sich loszureißen, doch er hielt sie mit eisernem Griff fest. Er steckte den Dolch weg und fasste das Zeichen an. Ein flacher Kristall steckte fest in der Haut ihrer Schulter, fast als wüchse er dort. Lauriél schauderte. Der Griff ihres Vaters lockerte sich leicht und sie riss sich los. „Komm wieder her!" brüllte er. „Niemals!" Er kam auf sie zu. Sie wich zurück. Er griff ihren Geist an. Sie wehrte den Angriff ab. Sie versuchte, an ihm vorbei aus dem Zelt zu rennen. Er schnellte vor und packte sie nochmals. „Du wirst mir nicht entkommen!", zischte er und verdrehte ihr den Arm, so dass ihr die Tränen in die Augen schossen. „Bringt die anderen wieder her!", brüllte er die Wachen wütend an.

Leivan hielt Lauriél immer noch am Arm fest, als Elranah und Erol roh hereingestoßen wurden. Lauriéls Kopf war gesenkt, so dass man ihr Gesicht nicht sehen konnte. Elranah durchzuckte ein Schmerzensblitz. Sie schrie auf. „Wo ist der Stein?", rief Leivan. Elranah schrie nochmals auf. Erol und Lauriél sagten nichts. „Sagt es mir!" „Sagt es ihm nicht!" rief Elranah durch zusammengepresste

Zähne. Dann fiel sie auf die Knie. Man sah ihr an, dass sie große Schmerzen hatte. „Er hat gedroht, euch auch zu Geistessklaven zu machen, wie Karlunah", sagte Lauriél leise. „Es tut mir leid, aber ich kann nicht mit ansehen, dass ihr so leben müsst." Sie schaute Erol flehend an. Der sprach nur ein Wort. Dann kam Paldin herein gesaust. In den Klauen hielt er ein Bündel. „Ihr müsst mich losbinden. Euch wird er den Stein nicht geben." Leivan nickte und eine der Wachen befreite Erols Hände von den Fesseln. Erol nahm das Bündel und hielt es hoch. Sein Schutzzauber fiel von ihm ab. „Erol…", zischte Leivan. Elranahs Schmerz ließ nach. „Was hat du getan?" flüsterte sie heiser. Sie schaute Lauriél fragend an und diese nickte. Leivan kam Lauriél zuvor. „Gib ihn mir", und zu Lauriél gewandt: „Du weißt nicht, warum du dieses Zeichen auf der Schulter trägst, stimmt's? Lass es mich erklären: Einst gehörte dieser Stein mir. Doch er wurde mir gestohlen. Er hat sich einen neuen Hüter gesucht. Ich wusste um die Gefahr und habe einen Zauber darauf gelegt und dir, Jahre später, gerade als du geboren warst, dieses Zeichen auf die Schulter gezaubert. Ein Kristall, der aussieht, als ob er wächst. Ich glaube, das tut er sogar, jedes Jahr ein bisschen. Sobald der Stein das Zeichen berührt, bin ich wieder der Hüter und er wird mir gehören." Er schaute Erol an.. Er sagte ruhig: „Ich habe ihn nicht gestohlen. Ich habe ihn von meinem Meister erhalten." Leivan hielt Lauriél immer noch mit eisernem Griff. „Drück' ihn auf das Zeichen!" befahl er schroff. Erol kam langsam auf Lauriél zu. „Mach schon! Ich habe nicht ewig Zeit!" Erol legte den Stein auf das Zeichen auf Lauriéls Schulter und drückte zu. Ein weißer Blitz traf die Stelle. Erol ließ erschrocken los. Leivan griff den Stein und drückte ihn nochmals auf das Mal. Erol brach zusammen. Lauriél rannen Tränen aus den Augen. Dann war alles vorbei. Leivan nahm den Stein und rief ein Wort. Licht flammte auf und er und Lauriél verschwanden. Man hörte nur seine Stimme rufen: „Fesselt ihn wieder!" Paldin war aus dem Zelt verschwunden.

Sie landeten in einer Höhle. „Warum bist du auch hier?" fragte Leivan Lauriél erstaunt. Diese fasste sich an die Schulter und wich vor ihrem Vater zurück. Der fluchte. „Komm her!" Sie machte noch einen Schritt zurück und funkelte ihn an. Er schnellte vor. Doch diesmal wich Lauriél ihm aus. Er starrte sie an. „Ich weiß es. Du bist durch das Zeichen mit dem Stein verbunden. Aber wie…" Er sprach dasselbe Wort noch einmal und sie tauchten wieder im Zelt auf. In der Zwischenzeit waren Elranah und Erol in eine feste Hütte gesperrt worden. „Hast du es auch gesehen?", fragte Erol, „als der Blitz das Zeichen und den Stein traf, fiel ein Stück herab. Ich habe es aufgehoben, deswegen bin ich so theatralisch zusammengebrochen." Er öffnete seine Faust. Ein winziger bläulich leuchtender Splitter lag darin. „Versuch' doch mal, ob er dir noch gehorcht", schlug Elranah zitternd vor Kälte vor. Er nickte und sprach den Zauber, der die Fesseln lösen sollte. Es klappte. Dann wiederholte er es mit Elranahs Fesseln. In diesem Moment wurde Lauriél her eingestoßen. Schnell verbargen die beiden anderen ihre Hände auf dem Rücken. „Da bist du ja!", sagte Elranah erleichtert, „wo warst du hin verschwunden?" Lauriél berichtete grimmig: „Er kann nicht verschwinden, ohne dass ich mitkomme, ich bin durch das Mal auf meiner Schulter mit dem Stein verbunden. Hast du ihn jemals benutzt um irgendwo hinzukommen?", fragte sie Erol „Nein. Ich habe ihn nicht sehr oft benutzt. Ich wollte die Macht eigentlich gar nicht." „Das erklärt, warum ich nicht früher darauf gekommen bin, dass das Zeichen magisch mit etwas verbunden ist." Dann erzählten Erol und Elranah ihr von dem Splitter. „Ein wenig Hoffnung", sagte Erol zum Schluss.

Daloon und Marcus wurden zur Armee gesteckt, die anderen dienten als Botenüberbringer. Tage vergingen, ohne dass Erol, Elranah oder Lauriél irgendjemanden sahen, außer einem tumben Küchenjungen, der ihnen das Essen brachte. Es wurde immer kälter und die drei saßen zitternd zusammengedrängt in einer Ecke und versuchten sich gegenseitig zu wärmen. Sie hatten beschlossen den Stein zu holen und ihn mitzunehmen um ihre Freunde zu befreien. An einem Morgen kam Leivan, dick in einem Pelzmantel gewickelt, in die Hütte. „Wir brechen auf, nach Al'fandel." „Wenn die Wahrheit ans Licht kommt, dass du dich mit den Menschen verbündet hast, bist du tot", sagte Elranah. „Ihr werdet mit mir gehen.", überging er Elranahs Einwand. Lauriél sah Erol an. Er zog blitzschnell den Splitter hervor, sprach einige Worte und der Stein der Macht flog zu ihm hin. Gleichzeitig sprang Elranah vor und verpasste Leivan einen solchen Kinnhaken, dass er bewusstlos zur Erde fiel. Erol drückte den Stein der Macht zusammen mit dem Splitter auf das Mal an Lauriéls Schulter. Wieder fuhr ein gleißend heller Blitz nieder. Der Stein verschmolz mit dem Splitter. Dann sprach er ein paar elbische Worte und sie verschwanden. Leivan stöhnte und kam langsam wieder zu sich. „Sucht die Gegend ab. Findet sie! Schickt ihre Freunde hinter ihnen her, vor denen werden sie sich nicht verstecken!", rief er zornig. Dann stapfte er in sein Zelt.

Die drei landeten in der Nähe des Lagers. „Wie retten wir die anderen?", fragte Lauriél. „Ich hätte auch gerne meine Waffen wieder", meinte Erol nachdenklich. „Als erstes würde ich ein Versteck suchen. Die schicken doch sicherlich Spürtrupps los." Sie verbargen sich im Geäst eines Baumes. Gerade rechtzeitig, denn schon bald erklang Hundegebell. „Sie suchen uns!", flüsterte Erol. Da rannte Sormina auf den Baum zu. Sie blieb darunter stehen. Schnell sprach Erol einen Erlösungszauber, doch es passierte nichts. Die restlichen Verfolger kamen heran und Sormina rannte weiter. Die drei Elben schauten sich verwirrt an. „Das verstehe ich nicht, dieser Zauber hätte sie von Leivans Einfluss befreien sollen. Er ist mächtiger, als ich dachte…", murmelte Erol. Dann schmiedeten sie einen Plan, wie sie ihre Freunde retten konnten.

Lauriél schlich auf die rechte Seite des Lagers. Elranah kam von der anderen Seite, Erol kam von vorne. „Leivan, wir haben ein Angebot für dich!", rief Elranah. „Welches?", er war aus seinem Zelt getreten. „Gib uns unsere Freunde normal, also entzaubert, wieder, wir tauschen gegen Lauriél, sie hat sich bereiterklärt ihre Freunde zu retten." Leivan wurde blass. „Wie ihr wollt. Hier sind eure Freunde." Er winkte und die restlichen Gefährten traten nach vorne. Er sprach die Erlösungsformel und sie sahen sich verstört um. „Geht wenn ihr wollt." Lauriél trat aus dem Schatten: „Lauft zu dem großen Baum. Dort werden Erol und Elranah auf euch warten." Sie ging zu ihrem Vater. Der zog sie in sein Zelt und winkte seine Soldaten zurück. Die erlösten Freunde waren verwirrt. Sie liefen aber, wie Lauriél es ihnen gesagt hatte, zu dem Baum und Elranah und Erol erklärten ihnen den Plan.

„Endlich bist du hier. An deinen Freunden räche ich mich schon noch früh genug." Lauriél stand da und er lief die ganze Zeit um sie herum. Er schaute ihr ins Gesicht. „Früher bist du immer verschleiert rumgelaufen. Warum jetzt nicht mehr.?" „Deine treue Dienerin Lavenda hat mir das Tuch weggenommen." „Ja, sie ist wirklich treu. Du siehst genauso aus wie deine Mutter. Du hast das Tuch schon so lange getragen und niemanden hast du je den Grund gesagt.", meinte er und sah sie an. Lauriél antwortete nicht. „Das Zeichen hat noch eine Funktion. Wenn es dein Blut berührt, ist der Stein vernichtet." Lauriél zuckte zusammen. Leivan holte seinen Dolch raus. „Nur ich kann ihn wieder herstellen, aber dazu brauche ich deine Hilfe." „Ich werde dir nie helfen. Was willst du eigentlich damit erreichen?", fragte Lauriél um Zeit zu gewinnen. „Ich will das ganze Land beherrschen. Mein Freund, König Lysander VI, ist gerade dabei die Hauptstadt der Zwörge einzunehmen." „Du…" „Sei still. Du hast dich geweigert mein Diener zu sein. Also musst du mir so die…" Lauriél löste sich langsam auf. Leivan stürzte vor und packte sie am Handgelenk. Sie verschwanden beide.

Lauriél spürte, dass Leivan sie festhielt. Als sie in der Nähe von Al'fandel landeten, waren die anderen auch da. Leivan hielt den Dolch an ihre Kehle. „Gebt mir den Stein oder ich schneide ihr die Kehle durch!" „Auf ihn!", schrie Elranah. Sie stürzte vor und schlug Leivan blitzschnell den Dolch aus der Hand. Die anderen schnellten vor und hielten ihn fest. „Daloon, du hast die Verantwortung für ihn", sagte Elranah. „Danke!" sagte Lauriél erleichtert. Was … ?" Alle starrten Lauriél an. „Du bist nicht mehr verschleiert", flüsterte Sormina.

Sicherheit und Gefangenschaft

Leivan schloss die Augen und drang mit brutaler Gewalt in die Gedanken der Freunde ein. Keiner außer Lauriél konnte sich wehren. Nicht einmal Erol, der den Stein hatte, ihn aber nicht rechtzeitig benutzen konnte. Er war einfach zu stark. Die Schutzschilde durchdrang er. Er sprach die Zauberformel und machte sie zu seinen Dienern. „Schnappt euch Lauriél!" Lauriél drehte sich um und rannte weg. Zuerst lief sie nur so schnell sie konnte, um Abstand zu gewinnen. Dann begann sie nachzudenken, wer ihr helfen könnte. Schließlich beschloss sie, noch ein wenig Abstand zu gewinnen und den Gegenzauber vorzubereiten. Er hatte diesmal keine Zeit gehabt zusätzlich noch einen Schutzzauber über den anderen Zauber zu legen. Doch Leivan und ihre verzauberten Freunde waren dicht hinter ihr. Eine kleine Lichtung tauchte vor ihr auf. Keuchend blieb sie stehen und drehte sich um. Ihr blieb keine andere Chance: sie legte ihre Hand auf das Mal an ihrer Schulter und sprach das Erlösungswort. Leivan, der hinterher kam, schoss einen Energieblitz ab. Die Freunde wurden durch die Macht des Blitzes nach hinten geschleudert. Nur Lauriél wehrte ihn ab. Elranah und die anderen rappelten sich auf.

„Auf sie!", schrie Leivan. Keiner rührte sich, da sie durch das Lösungswort erlöst worden waren. Lauriél fing an zu lächeln. Leivan starrte sie verwundert an. Dann griff er sie mit dem Schwert an, das er plötzlich in der Hand hielt. Elranah schnellte vor, blockte den Angriff ab und drängte Lauriél nach hinten, so dass sie hinfiel und sich den Kopf an einem Stein stieß. Elranah kämpfte weiter gegen Leivan, doch der rannte weg. Der Rest der Gefährten rannte hinterher. Lauriél blieb bewusstlos liegen.

Nach einer Weile kam Elranah zurück und rüttelte sie wach. „Komm mit! Leivan will dich sprechen. Er hat Karlunah. Wenn du nicht kommst, tötet er sie." „Warum? Wie konnte das geschehen?", rief Lauriél entsetzt. „Leivan hat sie an einen Felsen gedrängt und sie mit einem Zauber gebannt. Er sagte er töte sie, wenn du nicht kommst." Die letzten beiden Sätze hatte sie ganz leise vor Entsetzen gesagt. Lauriél stand schwankend auf und rieb sich den Kopf. Sie lief hinter Elranah her.

Als sie im Palast, der nicht sehr weit entfernt war, ankamen, wurden sie sofort zu Leivan gebracht. Er saß auf seinem Sessel und schaute sie an: „Es war töricht von dir, einfach wegzulaufen. Sie dienen mir jetzt alle freiwillig. Denn sonst töte ich Karlunah." Er lachte schadenfroh. Elranah verzog das Gesicht. „Alle raus. Ich will mit Lauriél allein reden." Elranah zögerte, dann ging sie hinaus. „Werde freiwillig meine Dienerin." „Nein, nicht so lange, wie noch Hoffnung besteht." „Ich kann alle wieder zu Geistessklaven machen. Willst du das?" Lauriél schüttelte den Kopf. „Wie konntest du nur so werden?" Leivan lachte nur. „Nun gut, dann bleibt mir keine andere Wahl.". Er klatschte einmal in die Hände. Lauriél wurde von einer Blase umgeben. Sie bewirkte, dass sie sich nicht mehr bewegen konnte. Sie konnte zwar sprechen aber sonst nichts tun. Lauriél erstarrte. Die Blase bewegte sich langsam auf einen Balken zu. Dort waren eiserne Fesseln befestigt. „Warum tust du das?" Er kam zu ihr hin geschlendert, ließ die Blase platzen und befestigte die Fesseln an Lauriéls Handgelenken. Sie konnte sich nicht wehren, da er sie mit einem Zauber erstarren ließ. Sormina kam herein geeilt und flüstere ihm etwas zu. Er nickte. „Überlege es dir noch einmal. Du hast jetzt viel Zeit zum Nachdenken". Dann setzte er sich auf den Thron. „Kommt doch herein." Elranahs und Aurelias Eltern betraten die Halle. Sie verbeugten sich tief. „Aruun, wir wollten nachfragen, ob es Ihnen gut geht, denn wir haben Euch lange nicht gesehen und es hieß, dass Ihr von Eurer Reise zurück seid. Die Überfälle der Menschen werden immer dreister, wir waren in Sorge um Euch.", begann Elranahs Mutter Siana zu sprechen. Ihr Blick fiel auf Lauriél. „Lauriél…..". „Beachtet sie nicht! Mir geht es gut. Kein Grund zur Sorge, nur eine kleine Auseinandersetzung." „Helft mir, bitte!", rief Lauriél verzweifelt. Leivan warf ihr einen bösen Blick zu. „Sei still!" Eine kurze Handbewegung und Lauriél spürte, wie ein unsichtbarer Knebel sie am weiteren Reden hinderte. Er wandte sich wieder Elranahs und Aurelias Eltern zu. „Weswegen wolltet Ihr eine Audienz? Es kann nicht nur das gewesen sein." „Der Handel läuft nicht mehr so gut seit die Menschen die Handelszüge und Dörfer überfallen. Was gedenkt Ihr dagegen zu unternehmen?. „Darüber muss ich erst mit meinem Rat sprechen, ich werde Euch Bescheid geben, welche Maßnahmen wir ergreifen. Jetzt, da Ihr wisst, dass es mir gut geht, dürft Ihr Euch entfernen… Auf Wiedersehen, Aruun." Sie verbeugten sich und gingen.

Leivan blickte wieder zu Lauriél. „Ach ja, dein Freund Erol, ist nicht mein Diener. Er hat sich gewehrt. Der Stein war unauffindbar. Erol habe ich unten in der Festung in den finstersten Kerker werfen lassen." Er lachte böse, dann schritt er aus dem Thronsaal und Lauriél blieb alleine mit ihren Gedanken und schmerzenden Handgelenken zurück.

Elranah schlich sich hinunter zu den Gefängnissen. Sie wartete die Wachablösung ab und schlüpfte in den Gang, als die Wachen miteinander redeten. Sie rannte den Gang schnell und leise entlang, dann die Treppe hinunter. Sie hatten diese Flucht seit Tagen geplant. Jetzt sollte sie Erol befreien, während die anderen sich um die Wachen unten in den Kerkern kümmerten. Sie schlich zu den hintersten Kerkern. „Erol!", flüsterte sie. Auf einmal polterte ein anderer Gefangener in seiner Zelle los. Elranah erschrak und rannte in den Schatten, um dort mit ihm zu verschmelzen. Eine Wache kam herbei und schaute mürrisch nach was los war. „Ruhe da drin!" Er verschwand wieder. Elranah zitterte und wartete ab, bis der Gefangene sich wieder beruhigt hatte, dann versuchte sie es wieder: „Erol, ich bin's Elranah. Wir müssen los!" „Okay, hast du die Schlüssel?" kam seine Stimme aus einer der Zellen, die besonders stark stanken. „Ja, schnell jetzt!" Elranah schloss Erols Kerkertür auf und öffnete sie schnell. Ihr wurde schlecht von dem Gestank, der ihr entgegenschlug. Ein schauerliches Quietschen tönte durch den Gang. Sie erschrak und lauschte. Erol fluchte:

„Komm leise, bevor sie uns bemerken!" Sie liefen den Gang entlang. „Wie hast du es nur in diesem Gestank ausgehalten?", fragte Elranah Erol. „Bin halt kein Mädchen.", antwortete der und lächelte kurz. Das Lächeln verschwand jedoch wieder, als sie Schritte hörten. „Der Gefangene flieht!", rief eine Stimme. Schritte polterten die Treppe hinunter. „Hier rechts rein, schnell!", rief Erol. Er und Elranah rasten durch einen dunklen Gang. „Los, schneller, sie entdecken uns sonst noch!" Elranah wurde aber eher langsamer als schneller. „Hier muss sie irgendwo sein", flüsterte sie, „Such nach einer kleinen Tür! Mach schon!". Nervös lauschte sie auf die Geräusche der Verfolger. „Schnell", drängte Erol, „sie kommen!" „Ahh, hier ist sie!" Hinter der Tür kam ein dunkler, enger Gang zum Vorschein. Sie schlichen hinein und Erol machte die Tür leise hinter ihnen zu. Mühsam tasteten sie sich voran. Die Lichtkugel, die Elranah erschaffen hatte, schimmerte nur ein wenig. Lange folgten sie den Windungen des engen Tunnels. Elranah hatte Mühe, nicht zu husten. Die Luft war abgestanden und staubig. Zwei Mal mussten sie kriechen, so niedrig wurde der Gang. „Wohin führt der Gang?" fragte Erol. „Sch, nur flüstern, der Schall geht manchmal seltsame Wege, nicht dass man uns plötzlich aus irgendeinem Kamin hört. Der

Gang endet auf der Westseite unterhalb der Burg in einem Gebüsch. Von dort aus gehen wir zu meinen Eltern." Langsam wurde die Luft besser. Bald darauf standen sie in der kühlen Nacht unterm Sternenhimmel. Aus der Burg ertönten Rufe. „Woher kennst du diesen Gang?", fragte Erol. „Lauriél hat ihn entdeckt und ihn benutzt, wenn sie raus wollte aber nicht durfte.", meinte Elranah und führte Erol zum Haus ihrer Eltern. „Sie werden uns decken", sagte sie leise. Erol pfiff einmal und ein Schatten rauschte vom Himmel herab an ihm vorbei.

Die Rückkehr des Generals

„Danke", murmelte Erol, als Siana ihnen einen heißen Tee eingoss. „Was gedenkt ihr jetzt zu tun?", fragte Lingoss, Elranahs und Aurelias Vater. „Erst einmal müssen wir versuchen, die anderen zu befreien. Manche von ihnen werden bald fortgebracht.", schlug Elranah vor. „Oh, darum habe ich mich schon gekümmert…", sagte Erol. Er fing an zu grinsen und ging aus der Tür. Sobald er draußen war, stieß er einen lauten Pfiff aus. Von der Spitze des Hügels, der sich neben dem Haus erhob, kam mit einem lauten Schrei Paldin herunter geflogen. Hinter ihm kam ein Teil der Truppe. Nach einander trafen alle Gefährten aus allen Himmelsrichtungen ein. Als Daloon und Marcus nach langer Zeit als letzte kamen, fragte Elranah: „Wo ist sie? Wo ist Lauriél?" „Sie ist noch bei ihrem Vater …. Es war zu gefährlich! Es ….. es tut mir leid", antwortete Daloon. „Ist schon in Ordnung. Du hättest es nicht ändern können, es wäre zu gefährlich gewesen. Lass uns reingehen und dann erzählt uns wie ihr unsere Freunde befreit habt." Die anderen nickten und sie gingen ins Haus. Als sie alle eine Sitzmöglichkeit gefunden hatten, fing Daloon an zu erzählen. „Paldin hat mir die Nachricht von Erol gebracht. Dann habe ich

Marcus gesucht und zusammen haben wir die Mädels geholt, was ziemlich einfach war, da sie gerade Pause hatten und alle im selben Zimmer saßen. Sie haben uns erzählt, dass sie gerade erst hier her gekommen waren, weil sie ja die Wachen in den Gängen ausschalten sollten. Danach haben wir versucht Lauriél zu finden, aber sie war unauffindbar. Karlunah haben wir auch befreit, sie war in einem Käfig in einem der oberen Zimmer im Ost-Turm." Elranah nickte und Erol wandte sich zu Daloon und Marcus: „Ihr wart bei der Armee. Was haben die Truppen der Elben jetzt aufgetragen bekommen?" Marcus antwortete: „Heute Abend sollen sie in nordöstliche Richtung marschieren. Dort sollen Sie die Großstadt der Zwörge, Neg'an, angreifen. Noch wissen die Soldaten von nichts. Außerdem treffen sie sich mit der Armee der Menschen auf dem Weg dorthin. Ich habe ein wenig gelauscht als Leivan mit Lavenda geredet hat." Erol schaute besorgt. „Ich habe eine Idee. Kommt!" Er ging in die Küche, während ihm die anderen skeptisch folgten. „Lingoss?" „Ja?" „Hast du Waffen?" „Ja, von früher. Doch nur ein paar Dolche und Messer.", antwortete Lingoss. „In Ordnung, das reicht. Vielleicht werden wir sie brauchen." Lingoss hob eine Falltür an und verteilte die Waffen an die Gefährten. „Was hast du vor?", fragte

Sormina. „Das erkläre ich dir auf dem Weg." „Hey, sag uns den Plan vorher!" „Ich will uns richtige Waffen besorgen."

Sie gingen in Richtung Palast, bogen aber vorher ab und schlüpften durch eine Tür in einem Hügel. Erol übernahm die Führung. Er ging durch ein Labyrinth aus Schächten und Gängen, bis sie an einer scheinbaren Sackgasse ankamen, währenddessen erklärte er den anderen, was das früher für ein Bauwerk war und warum er sich hier auskannte. „Ich war schon in Besitz des Steines, als ich noch der Armee diente. Es gab früher einmal eine kleine Gruppe, die den Träger zu beschützen hatte. Normalerweise bekommen sie dann Waffen von diesem Ort hier geschenkt. Leider war dieser Brauch zu meiner Zeit schon in Vergessenheit geraten, somit ich keine Beschützer hatte. Dennoch zeigte mir der Stein den Weg zu diesem Gebäude. Vielleicht wusste er, dass ich einmal Waffen brauchen würde. Aber das ist ja jetzt auch egal. Auf jeden Fall stellt die Kammer auf magische Weise Waffen her. Immer passend für die jeweiligen Beschützer. Jetzt seid ihr die Beschützer und bekommt daher Waffen von hier." Nun waren sie an der hintersten Wand angekommen. Erol atmete tief durch und legte eine Hand auf die Wand. Als er anfing, etwas zu murmeln, tauschten die anderen besorgte Blicke aus. Auf einmal blendete sie ein strahlendes Licht, als sich ein Tor vor ihnen auftat. Sie hielten sich die Augen zu. „Kommt…", sagte Erol leise. Sie öffneten die Augen, schritten eine verzierte Treppe hinunter und kamen in einen gut beleuchteten Raum. Dort im vorderen Teil in der Mitte stand eine mit Diamanten und Gold verzierte Rüstung, davor ein Schwert mit einem schwarzen Obsidiangriff. In der Parierstange waren Rubine eingelassen. Die Klinge schimmerte in allen Farben, so dass man nicht wusste, aus welchem Material sie bestand. In dem Raum waren noch mehr Waffen wie Bögen, Kurzschwerter und Dolche. „Dies hier…..", Erol schritt durch den Raum, „sind die wertvollsten und stärksten Waffen in ganz Ellvarín."

Die Kinnladen der Gefährten klappten herunter. „Das ist der Wahnsinn!", rief Karlunah. Erol lächelte kurz, doch dann wurde seine Miene wieder ernst. „Ich habe euch nicht alles über meine Vergangenheit erzählt.". Er schritt auf eine prächtige Rüstung in der Mitte des Raumes zu. Sie bestand aus einem Material, namens Der'nod wie Daloon wusste. Es schimmerte leicht bläulich und war mindestens dreifach so stark wie Edelstahl aber nur ein

Viertel so schwer. Der Helm war mit Gold verziert und aus Obsidian waren verschnörkelte Muster angebracht. Er lehnte sich gegen die Rüstung. „Bevor ich bei den Zwergen gearbeitet habe und bevor ich Paldin getroffen habe, bin ich zum elbischen Heer gegangen. Nach einem Jahr führte ich meine eigene Abteilung an. Acht Jahre später wurde ich zum General befördert. In der damaligen Zeit kämpften die Elben gegen die Netumeks, schreckliche Kreaturen aus dem Reich südlich von Al'fandel, die man nicht beschreiben kann. Sie sind einfach eine schwarze Masse. Damals trug ich diese Rüstung." Er griff in die Luft vor sich, wo auf einmal eine Halterung auftauchte. In ihr befand sich ein langes, prächtiges Schwert. Es bestand ebenfalls aus dem seltenen Der'nod. Sein Griff war mit Rubinen besetzt und mit Gold verziert. Die Parierstange bestand aus Elfenbein und Diamant. „Dieses Schwert gehörte einst mir. Es ist schon lange im Besitz des Reiches. Das Schwert wird immer an den vertrauenswürdigsten und größten Krieger gegeben. Als ich zurück in den Düsterwald ging, gab ich es zurück und nahm mein altes Schwert." Zufrieden klopfte er auf den Knauf seiner Klinge. „Die anderen Waffen wurden jeweils an die Beschützer des Steins gegeben. Jetzt seid ihr das. Ich habe Leivan nicht an den Stein ran gelassen."

Jeder merkte, dass es eine passende Ausrüstung für ihn gab. Daloons Axt oder Aurelias Säbel gab es, jedoch verzaubert und mächtig stark. Auch für Eva und Lisa gab es Waffen. „Warum gibt es die Rüstungen in der richtigen Größe?", fragte Karlunah neugierig. „Das Material ist verzaubert und passt sich an seinen Besitzer an." „Was machen wir jetzt?" fragte Eva. „Du und Lisa müsst die Drachen finden. Sie werden im Wald außerhalb der Stadt sein. Wir treffen uns am Fort Broergard wieder. Der Rest und ich versuchen dort, die Soldaten davon zu überzeugen, dass die Menschen und Leivan unsere Feinde sind. Alles verstanden?" fragte Erol. Sie nickten. „Gut", meinte er, „los geht's." Jeder schnappte sich seine Rüstung und zog sie an. Aurelia nahm die Rüstung und die Waffen von Lauriél mit.

„Wir sind drin! Vorsicht jetzt!", sagte Karlunah. Die Gefährten schlichen im Schatten der Mauern der Festung zum großen Marschplatz. Eigentlich sollte Erol in seiner Rüstung auffallen wie ein bunter Hund. doch er war kaum zu erkennen. Sie versteckten sich hinter ein paar Katapulten, als Erol aufsprang und auf den Brunnen zulief. Dort stellte er sich auf und brüllte so laut er konnte: „Hört zu! Kommt her und hört zu!" Aus allen

Richtungen kamen Soldaten zum Brunnen gerannt und starrten zum Brunnen hinauf. Ein paar munkelten etwas und wollten ihre Waffen ziehen, doch andere, vielleicht solche, die Erol erkannten, hielten sie davon ab. Als sich nach kurzer Zeit sehr viele Soldaten versammelt hatten, Erol schätzte die Menge auf 1200 Männer, fing er an zu reden: „Ich bin General Etukon." „Woher wissen wir, dass du die Wahrheit sagst?", rief ein misstrauischer Soldat. „Was ist das für ein Aufschneider?" „Ergreift ihn!" Ein bulliger Soldat drängte sich nach vorne: „Ich erkenne ihn, wir haben früher in ein paar Schlachten zusammen gekämpft. General, wo haben Sie so lange gesteckt?" „Ich bin heute hergekommen, um euch etwas aufzudecken. Euer König ist ein Verräter!" Die Stimmen in der Menge wurden immer lauter. „Das glauben wir nicht, los, holt ihn da runter!" Doch Erol ließ sich nicht beirren. „Lasst mich berichten! Hört mir zu! Leivan hat ein Komplott mit den Menschen geschmiedet. Er will mit dem Stein der Macht und den Menschen das Land der anderen Völker vernichten. Leivan ist böse!" „Was?" - „Niemals!" kam es aus der Menge. „Doch, so ist es, ich kann es bestätigen.", sagte eine Stimme. Alles wurde ruhig. Karlunah löste sich aus dem Schatten. „Ich bin Karlunah, die Tochter des Königs. Ihr kennt mich. Mein

Vater ist so. Er hat sich abgewandt. Er hat sogar damit gedroht mich zu töten. Die Menschen und er sind unsere Feinde!" Erol ergriff wieder das Wort: „Seid ihr bereit, im Namen des Landes zu kämpfen? Seid ihr bereit, den Verräter zu fangen? Wollt ihr die Freiheit in unserem Land? Dann kämpft mit mir! Folgt mir und wir werden siegen. Dieses Land wird nicht in die Hände der Menschen fallen!!! Wir wollen in Frieden mit allen Völkern leben." Bei jedem Satz hob sich seine Stimme. Zufrieden nickte er, während die Soldaten jubelten und ihre Waffen hochrissen. „Dann lasst uns anfangen.", sagte er.

Erol schaute in die Runde. Die höchsten Köpfe der elbischen Armee waren in einem Zelt versammelt: drei Feldgeneräle, zwei Bataillonskommandanten und ein Regimentskapitän. Sie stellten sich vor und besprachen die Lage. Als ein Bote reinkam, fragte Erol, was passiert sei. „Herr! Wir konnten Leivan leider nicht aufspüren. Er ist geflohen und hat Lauriél mit sich genommen." „Geht! Ruht euch aus! Danke für eure Hilfe.", sagte Erol und fuhr sich müde mit der Hand über das Gesicht. „Meine Herren! Ich glaube, wir sind fertig. Wir brechen dann morgen nach Norden auf und fangen die menschlichen

Truppen ab. Auf dem Weg besprechen wir unser Vorgehen genauer!", meinte der junge Kapitän. „Sehr gut!", meinte einer der Generäle. Als Erol den Kapitän genauer ansah, erstarrte er. Erol bedeutete dem jungen Kapitän, einen Moment zu warten, bis die anderen das Zelt verlassen hatten. „Wie heißt du?", fragte er. „Turiel. Das wissen sie doch bereits!", sagte der Kapitän. „Nein, Nein." Erol schüttelte den Kopf. „Dein Vorname!" „No...Noran. Warum?" Erols Augen weiteten sich. „Wo bist du aufgewachsen?" „Das geht sie überhaupt nichts an!", fauchte Noran. Er wollte schon gehen als ihn Erol am Arm packte. „Doch das geht es.", er schaute ihm tief in die Augen. „In einem Waisenhaus, ja?! Ich weiß nicht...wer meine Eltern waren! Zufrieden?" „Nein. Wie wurdest du gefunden?" „In... in einem Korb. Aus Weidezweigen. Mit einem Kärtchen mit meinem Namen drauf. Was wissen Sie darüber?!" „Ich", sagte Erol, „bin dein Vater."

Aufbruch Richtung Norden

Lauriél zerrte an ihren Fesseln. Sie waren mit einem Schutzzauber umgeben, so dass Lauriél sie nicht aufbiegen konnte. Sie glaubte, dass Leivan, als sie schlief, sie an einem Gift hatte riechen lassen, so dass sie nicht zaubern konnte. Jetzt befand sie sich in einer Kutsche. Angekettet. Sehen wo sie waren konnte sie nicht. Sie wusste nur, dass Leivan neben ihr saß. Sie zerrte wieder an den Fesseln. „Oh, das wird dir nichts nützen, Lavenda hat gute Arbeit geleistet. Wir sind auf den Weg ins Menschenlager. Wo wir die elbische Armee treffen. Deine Freunde konnten sich befreien. Ich habe ein hohes Kopfgeld auf sie ausgesetzt und jeder der ihnen hilft wird aufgehängt." Leivan lachte. Lauriél wandte sich ab. Doch Leivan legte eine Hand auf ihre Schulter. „Dreh dich um." Lauriél drehte sich um und schaute ihm in die Augen. „Du bist kalt. Warum ist mir das nicht früher aufgefallen? Auch egal.." „Warum tötest du mich nicht?", unterbrach Lauriél ihn. „Ich brauche dich noch! Wie soll ich denn sonst wieder in den Besitz des Steines kommen?" Lauriél schnaubte wütend. „Lass wenigstens Karlunah aus dem Spiel." „Du erinnerst mich an deine Mutter. Sie wollte nie, dass euch etwas zustößt. Als du dann für ein Jahr verschwunden warst, und verschleiert wiederkamst, hätte sie sich fast umgebracht vor Kummer. Schade, dass sie jetzt tot ist, sie hätte das alles hier miterleben sollen. Karlunah ist mit deinen Freunden geflohen, anstatt sich ihrem Vater anzuschließen. Also ist sie auch eine Verräterin. Ich kann sie nicht aus dem Spiel lassen. Nicht mehr." Die Kutsche hielt an und Leivan stieg aus. Der Schnee knarzte unter seinen Füßen. Licht strömte in die Kutsche und draußen sah man die menschlichen Soldaten in Reih und Glied stehen.

Erol und Elranah standen vor dem Rest der Gruppe und erklärten ihnen den Plan. Sie wollten zum menschlichen Heer, Lauriél befreien und die Soldaten in die Wüste zu locken, um dort mit ihnen zu kämpfen und sie zu vernichten. „Was ist, wenn das Herr größer ist als wir annehmen?", fragte Sormina. „Hast du einen besseren Plan? Wir müssen es einfach versuchen", erklärte Elranah. „Können wir nicht die Elementargeister fragen, ob sie mitkämpfen?", fragte nun Aurelia. „Uns bleibt nicht genug Zeit. Es dauert manchmal Jahre bis sie einem antworten." Karlunah saß am Rand der Gruppe. Sie aß nicht und trank nicht. Ihr Schmerz, dass Leivan sie verraten hatte und ihre Schwester entführt hatte, war zu groß. „Ähm", Marcus räusperte sich. „Was ist, wenn Lauriél nicht beim Menschenheer ist?" „Ich weiß nicht... Wir müssen es einfach annehmen. Unsere Späher haben berichtet, dass sie eine schwarze Kutsche gesehen haben, die Richtung menschliches Heer fuhr.", meinte Erol nüchtern. „Kommen wir zu einem anderen Thema. Wir konnten nicht alle Städte warnen. Wir müssen jemanden zu den Elfen schicken und sie warnen.", meinte Sormina. „Wir schicken Paldin mit einer Nachricht.", meinte Erol. „Und die Drachen. Die langweilen sich sonst nur.", fügte Elranah hinzu. „Gut." Erol nickte. Es war früh morgens, als die Gefährten sich verstreuten um ihre Sachen zusammenzusuchen. Es ging nach Norden. Dort lagerte das menschliche Heer. Aurelia tröstete Karlunah. „Sie wird schon noch leben. Leivan braucht sie doch. Er will sie als Druckmittel benutzen." „Ja, aber... Ich... Er will doch nur diesen blöden Stein.", erwiderte Karlunah. Als Aurelia ihr in die Augen schaute, sah sie nur tiefe Traurigkeit. „Ja, aber Lauriél hat das Zeichen auf der Schulter und das braucht er auch." Karlunah stand auf. „Hoffen wir, dass sie noch lebt." Lisa und Eva sahen sie mitleidig an.

Es ging los. Die Gefährten ritten mit einem Zug aus Elben, Pferden und Wagen. Er erstreckte sich über etwa zehn Meilen. Es war sehr wahrscheinlich, dass das menschliche Heer noch größer war. Der Weg war uneben und oft waren Bäume im Weg. Die Gefährten und Erols Sohn ritten vorne. Erol und Noran unterhielten sich angeregt. Danach kamen die anderen Generäle, Kommandanten, Kapitäne und die restlichen Führungsoffiziere. Schließlich kamen die Elbenkrieger, die Wagen und alles andere. Die Sonne schien und es waren fasst keine Wolken am Himmel. Dennoch war die Luft bitterkalt. Der Zug kam schnell voran. Mittags schlugen sie auf einer riesigen Waldlichtung das Lager auf. Wie die Späher berichteten, waren sie nicht mehr weit von den Menschen entfernt. „Die sind einfach viel langsamer als wir.", sagte Daloon, als einmal alle Gefährten zusammen am Lagerfeuer saßen. „Das wird uns in der bevorstehenden Schlacht sehr nützlich sein.", ergänzte Aurelia. Am nächsten Abend hatten sie die Menschen eingeholt. Sie schlugen ihr Lager zwei Meilen entfernt auf. Die Späher berichteten, dass sich die Menschen sehr locker und gelassen bewegten. Ihre Wachen sahen auch nicht sehr wachsam aus. Daher dachten sie, dass die Menschen nichts von der Gefahr hinter ihnen wussten.

Vereint

Elranah, Aurelia und Karlunah schlichen um das feindliche Lager. Karlunah, die die jüngste war, durfte nur mitkommen, weil Lauriél ihre Schwester war. Die drei hatten jetzt das Zelt erreicht, wo sie Lauriéls Gedanken geortet hatten. Sie hörten Leivans Stimme. Dann Lauriéls. Es klang wütend. Dann ging die Zeltplane auf, Leivan kam heraus und stapfte zu einem großen Zelt in der Nähe. Als es eine halbe Stunde später dort dunkel wurde und schließlich laute Schnarchtöne zu hören waren, schlüpften sie von hinten in das Zelt aus dem sie Lauriéls Stimme gehört hatten. Lauriél lag, an einen Steintisch gefesselt, auf den Rücken und hatte ihre Augen geschlossen. „Ihr habt lange gewartet." Die drei Gefährten erschraken, als sie Lauriéls Stimme hörten. Sie schlug die Augen auf. „Danke, dass ihr gekommen seid.", flüsterte sie erleichtert. „Kein Problem.", antworteten alle gleichzeitig. Aurelia versuchte sofort mit ihrem Dolch die Fesseln aufzubrechen. „Die Fesseln sind ja ziemlich hartnäckig.", bemerkte sie nach einer Weile. „Versuch es nicht weiter, er hat wahrscheinlich einen Schutzzauber daraufgelegt.", erwiderte Lauriél düster. „Aber...", wollte Aurelia protestieren. „Wir müssen kurz warten. Es wird Hilfe kommen." ´hoffe ich jedenfalls´, dachte sie. Elranah sah sie mit hochgezogenen Augenbrauen an. Lauriél nickte kaum merklich. Die anderen merkten nichts. Nach ein paar Minuten hörten sie Flügelrauschen. Kurze Zeit später wurde die Plane wieder hochgehoben. Paldin kam zum Vorschein. Karlunah stand bei Lauriél. Sie unterhielten sich in Gedanken. Lauriél wandte ihren Kopf zu Paldin um. „Danke, dass du gekommen bist." Paldin zwinkerte ihr zu. Dann hüpfte er auf den Tisch und begann die Fesseln zu zerhacken. Er konnte die Schutzschilde durchdringen. Er schlug mit den Krallen darauf ein, so lange bis alle vier kaputt waren. Mühsam stand sie auf. Sie war dünn geworden. „Hat Leivan dir kein Essen gegeben?", fragte Karlunah und schaute besorgt an Lauriél hinunter. Diese sah sie nur an. „Nein.", sagte sie. Alle merkten, dass sie sehr schwach war. „Wir müssen gehen. Leivan wird bald aufwachen.", bemerkte sie. Sie kletterten unter der Plane durch und schlichen leise zwischen den Zelten entlang, in denen die Soldaten schliefen, bis sie den Waldrand erreicht hatten. Es war ein Wunder, dass niemand sie entdeckte. Plötzlich hörten sie einen Wutschrei, der ohne Zweifel von Leivan kam. Alle blieben stehen und lauschten in die Dunkelheit. „Er hat die Flucht bemerkt.", murmelte Lauriél. Sie rannten durch den Wald. Obwohl Lauriél schwach war, rannte sie am schnellsten. Aurelia wunderte sich darüber, doch sie sagte nichts. Dann kamen sie am Zug der Elben an. Diese waren schon abmarschbereit und setzten sich, sobald Elranah, Lauriél, Aurelia und Karlunah an der Spitze ankamen, in Bewegung. Elranah winkte Lauriél zu sich. „Wird er uns verfolgen?", fragte sie mit Sorgen in ihren Augen. Lauriél wusste, dass sie sich nicht um sich selbst sondern um sie und den Zug sorgte. Lauriél runzelte die Stirn. „Ja! Ich sehe die Wüste, dann... nichts. Ich sehe nichts mehr. Die Vision endet." „Aber... Wie kann das sein? Das ist bisher noch nie passiert. Du...!", begann Elranah verzweifelt zu protestieren. „Elranah! Ich kann nur das sehen was ich bin. Also Elben. Menschen kann ich sehen, weil mein Vater sich mit ihnen verbündet hat und weil sie uns ähnlich sind. Außerdem kann ich nur selten die Zukunft sehen und oft bedeutet sie nichts." „Also wird jemand kommen, den wir noch nicht kennen?" „Ja, oder meine Vision bedeutet überhaupt nichts.", seufzte Lauriél. Sie ritten schweigend weiter. Lauriél überlegte. Die letzten Tage war sie in Zelten eingesperrt oder der Himmel war bewölkt gewesen. Jetzt da sie keine Verschleierung mehr hatte, musste sie sich überlegen, wie sie ihr Gesicht verbergen konnte. Fürs erste zog sie sich ihre Kapuze tief ins Gesicht. Vielleicht hatte sie Glück und ihr Versuch mit dem Trank, an dem sie schon länger arbeitete, würde funktionieren und ihre wahre Identität verstecken. Lauriél hatte etwas zu essen und etwas zu trinken bekommen. Sie aß langsam und nicht alles auf einmal. Alle Gefährten waren glücklich. Am meisten Karlunah, denn sie hatte ihre Schwester wiedergefunden. Alle waren wieder vereint.

Legenden

Lisa, Eva, Sormina, Daloon und Marcus ritten nebeneinander, als Eva schließlich nach langer Zeit das Schweigen brach. „Marcus? Wie ist eigentlich deine Geschichte? Von den anderen kennen wir sie jetzt ja schon, aber du hast noch gar nichts erzählt." Marcus seufzte, doch dann fing er an zu erzählen. „Meine Geschichte ist eigentlich ganz einfach. Ich war gerade mit meiner Familie im hintersten Eck des Düsterwaldes, als ich von einer Legende hörte…"

„Diese Legende von der Stadt, glaubst du, sie gibt es wirklich?", fragte ich meinen Großvater. „Ja. Es gibt eine Elfenstadt, schöner als alles andere auf der Welt. So sagt es die Legende. Aber sei gewarnt, mein Sohn! Es heißt, sie sei verflucht. Du wirst in ganz Ellvarin keinen Elfen finden, der dir etwas über die Stadt erzählen wird. Sie haben alle Angst davor.", erzählte der Großvater eifrig. „Ich werde sie suchen! Es muss einen Weg geben, etwas darüber herauszufinden.", sagte ich entschlossen. „Tu das ruhig, mein Sohn. Finde die Elfenstadt. Wenn sie einer finden kann, dann bist du das.", meinte mein Großvater schmunzelnd. Ich machte mich sofort auf den

Weg. Ich hatte ein Pferd und etwas zu Essen dabei. Zuerst wollte ich nach Morgina. Im Zentrum gibt es eine große Bibliothek. Dort hoffte ich auf einen Hinweis zu stoßen.

In Morgina fand ich in der dortigen Bibliothek ein verstaubtes, altes, fast zerfleddertes Buch. Dort wurde von der Stadt erzählt. „Willst du dir das Buch ausleihen, junger Mann?", fragte die alte Bibliothekarin mich. „Gerne. Ich brauch es auch nur für ein paar Tage.", antwortete ich ihr. „Du brauchst dich nicht zu hetzen. Nicht gerade viele leihen sich dieses Buch aus."

Nach ein paar Tagen kam ich endlich in Al'fandel an. In dem alten Buch hatte es tatsächlich Hinweise auf den Standpunkt der Stadt gegeben. Es hieß, dass sie im Sternenwald, nur ein paar Tagesritte von Al'fandel, lag. Grade war ich auf der Suche nach einem Wirtshaus, als mich zwei Mädchen ansprachen. „Du suchst nach einem Wirtshaus, oder?", fragte die größere der beiden. „Ja, könnt ihr mir eins empfehlen?", fragte ich höflich. „Das zum grünen Drachen ist gut, aber ziemlich teuer.", meinte die andere nachdenklich. „Wenn du willst kannst du aber auch bei uns schlafen. Wir haben einen Freund, mit dem du dir ein Zimmer teilen kannst." Ich überlegte kurz, dann stimmte ich zu. Es war bestimmt billiger als in einem Wirtshaus, außerdem konnte ich so vielleicht Freunde gewinnen, die mich auf meiner Reise begleiten könnten...

„Nach ein paar Tagen bin ich dann weiter gereist. Wir hatten uns gut angefreundet, aber ich wollte die Stadt finden. Die anderen durften jedoch nicht mit und so musste ich alleine aufbrechen. Als ich endlich dort war, wo die Stadt sein sollte, fand ich nur eine alte Ruine. Ich habe alles abgesucht, aber sie bestand nur noch aus Trümmern. Ziemlich traurig. In einer Nacht hörte man ein Brüllen…"

Ich erwachte. Es brüllte und um mich herum wüteten Flammen. Allerdings verspürte ich keine Hitze. Nichts. Langsam führte ich meine Hand zu den Flammen. Ich konnte hindurchgreifen. Als ob sie nicht existierten. Ein wenig verwirrt folgte ich den Schreien und sah Elfen, die aus der Stadt flohen. Ein Elfenkind rannte auf mich zu. Ich wollte schon ausweichen, aber das Kind rannte einfach durch mich hindurch. Also rannte ich los zum

Herzstück der Stadt. Als ich ankam, sah ich, dass der Palast in Flammen stand, so wie der Rest der Stadt. Und dann sah ich die Angreifer. Riesige Kreaturen, die einen schwarzen Nebel mit sich zogen. Sie waren hässlich, richtig widerwärtig. Dann endete alles. Die Stadt lag im Mondlicht in Trümmern...

„Jetzt wusste ich, was mit dem Fluch gemeint war. Ich kehrte nach Al'fandel zu meinen neuen Freunden Daloon, Elranah und Lauriél zurück. Und seitdem lebe ich bei ihnen." „Hast du herausgefunden, was das für Kreaturen waren?", fragte Lisa. „Nein. In keinem Buch , das ich durchsucht habe, sind sie zu finden. Keiner weiß davon, außer vielleicht die Elfen. Aber die reden ja nicht darüber. Sie würden, glaube ich, eher sterben, als davon zu erzählen." Marcus wurde unterbrochen. Von vorne ertönte ein Ruf und der Zug machte halt.

Die Wölfe

Erol trainierte mit seinem Sohn Noran Schwertkampf, als ein Späher kam und rief: „Die Wüste ist nur noch einen Tagesmarsch entfernt!" Lauriél und Elranah, die ihnen zuschauten, sahen besorgt auf. „Das ist nicht gut. Es gibt viel mehr menschliche Soldaten als elbische." „Aber wer könnte uns denn noch helfen?! Wir haben doch schon alle anderen Völker um Hilfe gebeten.", meinte Elranah verzweifelt. Sie überlegten gemeinsam. „Elranah, wir haben nicht alle gefragt. Die Gestaltwandler leben in keiner Stadt, sondern hier im Wald in einer Höhle. Dort waren wir noch nicht. Du musst die Wölfe holen." Elranah sah sie an, als ob sie verrückt geworden wäre. „Das ist unmöglich. Amilia, die Königin, würde die Wölfe nie freiwillig in einen Kampf führen." „Wir müssen es versuchen.", drängte Lauriél. „Na gut. Ich gehe.", gab Elranah nach. Zum ersten Mal seit langer Zeit verwandelte sie sich wieder in die Wolfsgestalt und rannte los. „Wo ist sie hin?", fragte Erol. „Die Wölfe holen.", antwortete Lauriél besorgt.

Elranah erschien den Gestaltwandlern in ihrer Wolfsgestalt. Sie war noch nie so lange, die ganze Reise, in ihre Wolfsgestalt verwandelt gewesen. Die Wölfe, teilweise Mensch oder Elb, teilweise Wolf, bildeten eine Gasse, die direkt zum Palast führte. Der Palast war eine riesige Höhle im Berg. Amilia, die Königin, trat auf die Lichtung vor dem Eingang. Elranah verneigte sich. „Steh auf." Elranah verwandelte sich und trug sofort wieder ihre Klamotten. „Ich bin eine Botschafterin der Elben." „Sprich! Was machst du hier.", meinte Amilia. „Die Menschen wollen alle Völker dieses Landes beherrschen. Der König der Elben, Leivan, hat sich gegen uns gestellt und sich mit ihnen verbündet. Wir sich zu wenige Krieger um gegen sie zu gewinnen. Wir bitten euch mit uns zu kämpfen. Für unser Land und für die Freiheit." Amilia überlegte kurz. „Ich werde mich mit den Ältesten beraten. Geh wieder zu deiner Armee." „Ich flehe Euch an, helft uns bitte", Elranah war verzweifelt. „Wir werden entweder morgen…" „In der Wüste werden wir kämpfen. In der Nähe des zweiten großen Wüstenberges." „….. morgen in der Wüste sein oder nicht. Und ….. unterbrich mich nie wieder!" Damit drehte sich Amilia um und ging in die Höhle. Fünf Wölfe trotteten hinter ihr her. Elranah verwandelte sich wieder, drehte sich um und lief davon.

Der Wald war, so schien es ihr, dunkler geworden. Abends kam sie völlig ausgepumpt wieder in bei dem Zug an.

Lauriél erwartete sie schon. „Und?" „Sie werden da sein oder nicht. Sie beraten sich noch." „Hoffen wir, dass sie kommen." „Lauriél,... kannst du sehen was in der Schlacht passiert?" „Ja.", sie zögerte, „es wird jemand sterben..." Sie starrte ins Nichts. Sie hatte eine Vision von der Zukunft. „Was hast du gesehen?" „Nichts besonderes.", murmelte Lauriél. Elranah merkte allerdings, dass es etwas Wichtiges sein musste, drängte ihre Freundin aber nicht, es ihr zu erzählen.

Die Krieger machten sich bereit. Während Noran, Daloon und Marcus Waffen austeilten und den Kriegern Mut zu sprachen, lief Lisa rastlos vor ihrem Zelt auf und ab. „Was ist den los? Du machst uns noch alle verrückt.", sprach Aurelia sie darauf an. Einige Schritt weiter saßen Karlunah und Elranah zusammen. Sie drehten sich zu Lisa um, als diese antwortete. „Ich...Wie soll ich in eine Schlacht gegen meinen eigenen Vater ziehen und gegen die Soldaten meinesgleichen kämpfen?", fragte Lisa verzweifelt und setzte sich hin, nur um gleich wieder aufzuspringen. „Ich weiß, wie du dich fühlst.", mischte sich Karlunah mitfühlend ein, „Auch ich werde in ein paar Stunden gegen meinen Vater kämpfen. Ich kann das nur aushalten, da ich weiß, was er mit den anderen Völkern machen würde, wenn er diesen Kampf gewinnt. Dieser Gedanke hilft mir, das zu überstehen. Dein Vater hilft ihm dabei. Zwar können die Soldaten selber nichts dafür, aber wenn du nicht gegen sie kämpfst, ist Ellvarín verloren." Lisa nickte schweigend und setzte sich erneut hin. Diesmal blieb sie sogar sitzen. Karlunah ließ sich neben ihr nieder und nahm sie in den Arm. „Du schaffst das schon.", murmelte sie Lisa zu. Plötzlich hörten sie einen Ruf von hinten. „Wölfe! Am Waldrand sind Wölfe!" Elranah sprang fröhlich auf. „Sie sind wirklich gekommen." Sie sprang auf einen Tisch. „Hört mich an!", rief sie, doch keiner der aufgebrachten Soldaten hörte sie. Mittlerweile bauten sie schon die erste Verteidigungslinie auf. Lauriél kam zu Elranah gerannt und nahm ihre Hand. „Versuch es nochmal.", forderte sie ihre Freundin auf. „Ruhe!!!", schrie Elranah. Ihre Stimme hallte über das ganze Lager. Kurz schaute sie Lauriél verdutzt an. Doch diese zwinkerte ihr nur zu. Karlunah hielt sich die Ohren zu. „Zu laut.", meinte sie nur an Lauriél gewandt. „Ups.", grinste diese. Die Soldaten hatten sich zu Elranah umgewandt und schauten sie überrascht an. „Die Wölfe sind keine Feinde. Dies sind die Gestaltwandler aus dem Sternenwald. Ich selbst habe sie um Hilfe gebeten." Ein Raunen ging durch die Menge. Eine weiße Wölfin, welche Elranah als Amilia erkannte, trat durch die Menge auf Elranah zu. Zwei Schritte vor ihr blieb sie stehen: „Wir kämpfen an eurer Seite." Die Soldaten jubelten los. Elranah verbeugte sich vor Amilia. Es waren weit über 5000 Wölfe gekommen. Wahrscheinlich hatten sich noch andere WolfClans aus anderen Regionen angeschlossen, die man schnell benachrichtigt hatte. Braune, schwarze, sogar ein paar weiße Wölfe. Die Wölfe ließen sich am Rande des Lagers nieder. Dann ertönten Hornsignale. Die Signale der Menschen. Sie griffen mit glänzender Rüstung und blanken Schwert an, tausende von ihnen. Die elbische Armee stellte sich bereit. Die Elbenkrieger trugen leichte Rüstung. Ihre Schwerter waren dünn, aber sehr stabil und sehr scharf. Die Wölfe stellten sich auf die Seite, bereit ihr Leben zu opfern.

Die Schlacht beginnt

„Ziehen Sie die Flügelregimente weiter nach Westen. Sie sollen sie von dort aus flankieren!", befahl Erol dem Boten. „Sehr wohl mein Herr."; antwortete er. Erol runzelte die Stirn. Wenn die Bogenschützen es schafften, rechtzeitig die Menschen von der Seite zu beschießen, hätten sie vielleicht eine Chance mit der Kavallerie einzufallen. Die Infanterie, die er per Pferd begleiten würde, sollte in den Schwerpunkt der Schlacht verwickelt werden. Die Katapulte würden etwas weiter hinten positioniert sein, damit sie mit schwerem Beschuss Löcher in das feindliche Heer schlagen konnten. Es würde kompliziert werden, doch er hoffte, dass ihnen die zwei Drachen den Rücken freihalten und die Moral aufrechterhalten würden. Auf einmal riss ihn etwas aus den Gedanken. Die Gefährten, mittlerweile wurden sie auch die Truppe des Steines genannt, traten einer nach dem anderen ins Zelt. Alle in voller Rüstung. Sogar Lisa und Eva kämpften mit. „Erol...", flüsterte Daloon. Erol blickte von den Schlachtplänen auf und musterte jeden von ihnen. „Es ist soweit." Marcus lachte auf: „Nun ja, das ist, soweit ich weiß, nichts Neues." Er schmunzelte kurz, doch dann wurde seine Mine wieder ernst. „Ich werde euch jetzt erst einmal den Schlachtplan erklären, den General Ikiro und ich entwickelt haben." Als er anfing zu sprechen wunderte sich Lauriél nicht, dass Erol mit General Ikiro den Plan entworfen hatte. Der war nämlich einer der Besten. Auf einmal nahm sie eine Bewegung hinter sich wahr. Sie drehte sich um und sah, dass Noran ins Zelt kam. „Tut mir leid, dass ich so spät bin. Eines meiner Regimente hatte Probleme beim Aufbau der Katapulte.", sagte er. Lauriél beobachtete ihn. Er war ungefähr so groß wie sein Vater, und hatte eine ernste, strenge Miene aufgesetzt. Er hatte ein breites Kinn und eine Nase, die ganz sicher nicht von seinem Vater war. Er hatte aber die tiefen unergründlichen Augen Erols. Er schaute sie fragend an und sie merkte, dass sie ihn die ganze Zeit beobachtete. Sie schüttelte leicht den Kopf und richtete ihren Blick auf Erol, der damit beschäftigt war die Regimente zu verteilen. Als er fertig war, gingen alle hinaus, abgesehen von Lauriél: „Was ist mit mir? Ich habe keine Truppen zugeteilt bekommen!" „Das hat einen Grund.", antwortete Erol. „Was für einen Grund!?" „Das ist nicht wichtig!" „Für mich schon!" Erol atmete tief durch. „Hör zu. Leivan hat den Splitter des Steines..." „Wie ist er da ran gekommen?", unterbrach ihn Lauriél entsetzt. „Weiß ich nicht, aber irgendwie fehlt dem Stein

ein Stück an der rechten Seite. Also... Wenn er das Zeichen an deiner Schulter berührt ist es vorbei. Aus und vorbei! Mir dir, mit mir, mit Noran, mit allen! Verstehst du? Wir können das Risiko nicht eingehen, dass du den Splitter mit deinem Blut oder deinem Mal berührst. Es ist zu gefährlich. Du bleibst hier!" „Ich verspreche dir, ich halte mich von Leivan fern. Wirklich! Aber ich werde euch nicht im Stich lassen und mich hinten in einem Zelt verkriechen. Du willst doch auch kämpfen und dein Land beschützen." Erol schaute sie durch durchdringend an. „Ich kann dich zu nichts zwingen. Geh zu Noran ins Bataillon. Er hat viel Erfahrung. Du kannst ihm vertrauen. Wir bleiben über Geist in Verbindung!" Das war sein letztes Wort.

Noran saß auf seinem Feldbett, während er stumm seinen Helm anstarrte. Er grinste: Viele der Dellen hatte er bei seinen zahlreichen Missionen bekommen. Die größte jedoch war von seinem besten Freund, als er einst betrunken war. Auf einmal raschelte der Zelteingang und sein Vater Erol stand dort: „Darf ich hereinkommen?" „Ich werde wohl kaum Nein sagen können." Erol atmete durch und setzte sich neben ihn. „Ich weiß, dass das sehr komisch für dich ist…" Noran unterbrach ihn: „ Sehr komisch?! Du warst jahrelang nicht da! Ich dachte meine Eltern wären tot oder sonst was und plötzlich taucht mein Vater vor der so ziemlich wichtigsten Schlacht meines Lebens auf! Nein, dass ist überhaupt nicht komisch oder so. Du bist ja praktisch ein Fremder für mich!" Erol nickte bedrückt. „ Es tut mir leid. Aber du musst wissen, deine Mutter und ich, wir…" Noran stand auf. „Ich weiß noch nicht einmal wer das ist! Du weißt auch nicht wer ich bin!" „Doch das weiß ich." Noran schaute ihn verwirrt an. „Du bist mein Sohn Noran. Du bist Kapitän deines eigenen Regiments geworden in innerhalb von nur… Wie viel Jahren nochmal?" Noran grinste: „ Zweieinhalb Jahre. Ich war ein Jahr lang verletzt also eigentlich nur anderthalb Jahre." „Nicht schlecht. Ich habe zwar nur ein Jahr gebraucht aber naja… Du hast viel erreicht. Ich habe mit Freunden von dir gesprochen und sie sind von dir begeistert. Ich erwarte nicht, dass du viel von mir hältst. Dass du mich magst. Es hatte seine Gründe, die ich dir nicht erklären kann, wieso du so aufgewachsen bist. Aber du sollst wissen, dass ich stolz auf dich bin, auch wenn ich dich kaum kenne. Ich hatte schon immer das Gefühl, dass wir miteinander verbunden sind." Noran schaute ihm tief in die Augen. „In Ordnung", flüsterte er „ ich glaube dir." Erol lächelte sanft und stand auf. „Erol!", rief Noran ihm noch zu. „Was ist denn?" „Nach der Schlacht… trinken wir zusammen etwas? So wie… Vater und Sohn nun mal?" Erol schaute ihn traurig an: „Ich wünschte, das würde gehen. Wenn danach irgendwie Zeit sein sollte natürlich, ich glaube nur, dass wir beide viel zu tun haben."

Erol atmete tief durch. Paldin saß auf seiner Schulter. Er hatte einen Helm, der extra für den Schnabel gebaut worden war. Um seine schmale Brust war ein glänzender Harnisch angebracht. Seine Klauen waren mit eisernen Klingen überzogen. Sie waren wie Handschuhe, die über die Krallen gingen und seinen Schlag in feindliches Fleisch verstärkten. Erol saß auf seinem Pferd und blickte hinter sich. Dort stand es. Das komplette elbische Heer. Jeder Mann stand in Reih und Glied, in voller Kampfrüstung, blitzende Harnische und stolze Gesichter. Sie hatten Glück, dass sie eine Waffenlieferung der Zwörge bekommen hatten. Und auch die Elfenstädte, von Paldin und den Drachen gewarnt, hatten Truppen geschickt. Zu seiner Rechten sah er die Wölfe in ihren Rüstungen. Hinter den Bataillonen befanden sich in einiger Entfernung die riesigen Katapulte, die mindestens 15 Schritte in die Höhe ragten. Dort befanden sich Noran und Lauriél. Hoffentlich hielt sie ihr Versprechen, er wollte nicht alles dadurch verlieren, dass sie ihr Wort brach und ihren Vater umbringen wollte. Er wandte sich wieder nach vorn. Dort waren sie. Eine riesige Armee aus Menschen und Kleinriesen. Sie lebten im Menschenland und nicht in Ellvarín. Erol vermutete, dass sie ein Abkommen geschlossen hatten oder die Menschen hatten die Kleinriesen bezwungen. Doch jetzt hatte er keine Zeit, sich näher damit auseinander zu setzten. Er gab Paldin ein Zeichen. Er flog sehr hoch, um dann auf das feindliche Heer zuzufliegen. Erol klappte das Visier herunter und zog sein Schwert. „Für die Elben! Für die Wölfe! Für Ellvarín! Für die Freiheit!", schrie er. Er senkte sein Schwert nach vorn und galoppierte los. Hinter Erol stürmten alle los. Jedes Bataillon und seine Anführer stürmten los. Karlunah bei den Speeren, Aurelia mit den Säbeln, Elranah mit den Wölfen, Daloon bei den Axtkämpfern mit Marcus, Sormina bei den Zweihandkämpfern und zuletzt Noran und Lauriél bei den Katapulten. Am Himmel sah er die Drachen mit Paldin auf das Menschenheer zurasen. Die Drachen begannen Feuer zu speien und die Menschen wichen kurz zurück, hatten sich aber bald wieder gefasst. Er kam den Feinden immer schneller entgegen. Hinter ihm fingen die

Katapulte an zu schießen. Sie rissen riesige Löcher in die feindlichen Linien. Das Menschenheer schien kurz zu schwanken, doch es war schnell wieder stabil. Die Elben formten eine Spitze und rannten weiter. Dann, in dem Moment, in dem die Heere aufeinander prallten, war es still. Doch dann begann der Lärm und die ersten Schreie waren zu hören.

„Feuer einstellen!", schrie Noran und befahl den Katapulten aufzuhören zu schießen. Er schaute Lauriél an und sah, wie sie die Fackeln zum Zeichen schwenkte. Es dauerte noch, bis sein komplettes Bataillon zum Einsatz kam. Es war die Verstärkung für den Notfall, der auf jeden Fall kommen würde. Hoffentlich hatte er Unrecht. Im Moment war es zu gefährlich weiter zu schießen, denn sie konnten ihre eigenen Leute treffen.

Erol säbelte sich durch die feindlichen Reihen. Auf dem Pferd ließ er sein Schwert von Seite zu Seite rotieren. Er war enttäuscht von der Kraft der Menschen, er hatte geglaubt eine etwas größere Herausforderung zu bekommen. Auf einmal sah er eine kleine Gestalt auf sich zu rennen, die gleichzeitig mehreren Menschen den Gar ausmachte. Erol schmunzelte, Daloon, wer sonst! Er ritt ihm entgegen und fragte ihn wie es ihm gehe. „Toll! Nein wirklich, keine schweren Verletzungen oder sonstiges, also daher!" „Das freut mich zu hören. Leider wird das nicht ewig so bleiben." Zusammen kämpften sie sich durch die Reihen, immer tiefer und weiter. Nach einer Ewigkeit, wie es ihm vorkam, wurde er von Daloon getrennt. Plötzlich traf ihn etwas hart an der Schulter. Er wurde aus dem Sattel gerissen und schlug hart auf dem Boden auf. In seine Schulter hatte sich ein Pfeil durch die Rüstung gebohrt, der aber nicht sehr tief in sein Fleisch eingedrungen war. Als er ihn heraus zog, sauste ein Pfeil dicht an seinem Ohr vorbei. Er sah einen Armbrustschützen in einer kleinen Entfernung, der nach ihm schoss. Erol stand aus dem Sand auf und blickte seinem fliehenden Pferd nach. ‚Egal', dachte er. Hauptsache, er war noch am Leben. Mit einem Schwerthieb schnitt er den nächsten Pfeil in der Luft durch. Er ging auf den Schützen zu, der mittlerweile seinen Dolch gezückt hatte. Zwei Sekunden später lebte er nicht mehr. Erol bahnte sich immer weiter vor, schwang das mächtige Schwert um sich und kam jetzt erst richtig in Form. Trotzdem ließ sich das feindliche Heer immer schwerer zurückdrängen und die Elben schwankten langsam. Auf einmal begegnete er Amilia in

Wolfsgestalt, die leicht humpelte und gerade einen Soldaten zerfleischte. „Wie ist die Lage bei dir?", fragte Erol. „Nicht gut. Wir haben sehr viele Verluste. Ich habe gerade mit Aurelia und Marcus gesprochen. Sie werden von den Seiten immer weiter eingeengt!" „Ich gehe zu ihnen! Ich werde sie unterstützen. Kannst du uns den Rücken freihalten?" „Auf jeden Fall! Du kannst auf uns zählen! Wir geben unser Bestes!" Erol wandte sich um und rannte in Richtung Aurelia und Marcus. Währenddessen kontaktierte er Noran und Lauriél. „Erol, was ist?", fragte Lauriél. „Sag Noran Bescheid, er soll sein komplettes Bataillon in Bewegung setzen. Wir brauchen Verstärkung!" „Verstanden! Bis dann!", sagte Lauriél. Erol lief weiter. In der Ferne sah er eine Gestalt, die scheinbar mühelos Elben abschlachtete. Als Erol näher kam, bemerkte er die Rüstung und das Schwert. Das waren keine Menschen, die das geschmiedet hatten. Es waren Elben. Die Gestalt drehte sich zu ihm um und blickte ihm ins Gesicht. Es war Leivan.

Sormina kämpfte mittlerweile mit Karlunah zusammen. Gemeinsam schlugen sie sich durch die Reihen. Schon lange hatten sie nichts mehr von den anderen gehört und sie schon gar nicht gesehen. Gerade hatte Sormina einen Menschen getötet, da kamen auch schon zwei neue. Im

Handumdrehen war einer der beiden erledigt. Karlunah tötete den anderen.

„Vorwärts Männer!", schrie Noran und ein mehrere hundert Mann großes Regiment aus elbischen Soldaten setzte sich in Bewegung. Kurz darauf waren Lauriél und Noran schon in den Kampf verwickelt. Lauriél focht gegen jeden und parierte wenig. Stattdessen wich sie flink aus, griff frontal mit ihrer Spitze an und tötete schnell. Noran kämpfte schon eher wie sein Vater, parierte, schlug, traf und tötete. Sein Schwert wirbelte um ihn herum und zermahlte alles, was ihm in den Weg kam. Minuten vergingen, vielleicht sogar Stunden. Die Menschen rückten immer weiter vor und die Elben gerieten ins Taumeln. Lauriél und Noran wurden von den anderen getrennt. Gemeinsam kämpften sie sich immer weiter vor. Aus dem Nichts stand auf einmal ein Kleinriese vor Lauriél. „Pass auf!", schrie Noran, jedoch zu spät.

Langsam ging Erol auf Leivan zu. Sie blickten sich tief in die Augen.

Lauriél flog weit durch die Luft und schlug irgendwo zwischen lauter Menschen und Elben auf. Noran rannte dorthin, fand jedoch nichts.

Leivan schlug zu. Erol parierte und machte einen Ausfallsschritt. Ihre Klingen prallten aufeinander. Der Kampf der zwei Krieger begann.

Noran konnte es nicht fassen. Sie war weg. Zack, einfach verschwunden. Einfach weg!

Jedes Schicksal ist anders

Die Klingen prallten aufeinander. Funken sprühten. Erol kam langsam ins Schwitzen, jedoch merkte er auch, dass Leivans Angriffe schwächer wurden. Sie kämpften sich hoch auf einen kleinen Felsvorsprung, von dem aus es mehrere Schritt in die Tiefe ging. „Du hast unser Land verraten! Warum hast du das getan?!", rief Erol und ließ Leivan an der Kante kämpfen. „Das elbische Reich wäre größer! Die Elben sind besser als alles andere! Die anderen Lebewesen haben kein Recht auf dem rechtmäßigen Land der Elben zu leben!", schrie Leivan zurück. „Und warum verbündest du dich dann mit den Menschen?" „Wenn du nicht dazwischen gekommen wärst, hätten wir zusammen alles erobert! Und dann hätte ich sie auch ausgelöscht! So oder so wären sie bald alle gestorben!" Leivan sammelte all seine Kraft und schlug heftig zu. Plötzlich kam Paldin von hinten angerast und schnitt mit seinem Schnabel ein kleines Loch in Leivans Rüstung. Die Wunde fing an zu bluten und während Leivan stöhnte, hob er die Hand Richtung Paldin und flüsterte etwas. Plötzlich traf ein grüner Blitz Paldin und er fing an zu taumeln. Er hielt sich kaum noch in der Luft und nur seine Immunität gegen Magie hielt ihn am

Leben. „Flieg zu Noran! Er wird dir helfen!" Der Geist von Paldin gab ihm ein zustimmendes Gefühl und drehte Richtung Schlachtmitte ab. Erol wandte sich wieder zu Leivan, der erneut angriff. Er schlug von oben. Den Schlag fing Erol mit dem Schwert ab und machte einen Schritt nach vorn. Plötzlich schrie Leivan: „Savero abteb uskrud!" Erol wurde nach hinten geschleudert und schlug auf dem Sand auf. Wieder schlug Leivan zu und streifte Erols Brustkorb, der anfing, an der Schnittstelle zu bluten. Sie kämpften lange Zeit, jedoch bekam Erol immer mehr Meldungen, dass die Elben Verstärkung brauchten und sie zu weit zurückgeschlagen wurden. Erol wurde schwächer und Leivan griff immer härter an. Doch dann dämmerte es ihm. Nur der Stein wäre in der Lage Leivan aufzuhalten. Es war die letzte Chance.

Noran parierte, schlug zu, tötete. Immer derselbe Ablauf. Normalerweise wäre er schon längst tot oder zu mindestens verletzt. Jedoch war es nicht normalerweise. Nur die Disziplin und der Wille Lauriél endlich zu finden, erhielten ihm am Leben und gaben ihm unmenschliche Kraft. Er befahl sich immer wieder sich zu konzentrieren. Während seiner Ausbildung hatte er nichts anderes gelernt. Er kämpfte unermüdlich weiter. Er suchte weiter nach Lauriél, die spurlos verschwunden war. Auf einmal berührte etwas seinen Geist. Er erschrak, jedoch ließ er die Berührung zu, als er merkte, dass es Paldin war. Er sackte vor ihm zusammen und Noran merkte, dass er schwer verletzt war. Er musste schnell handeln. Ein kurzer Befehl und ein paar seiner Soldaten bildeten einen Kreis um ihn und Paldin. Er gebrauche seinen Feldbeutel und nutzte die Heilkräuter in seiner Brusttasche um ihn am Leben zu halten. Dann steckte er ihn vorsichtig in den Beutel und band ihn sich auf den Rücken. Zu zweit liefen sie weiter und kämpften und stießen sich den Weg frei. Plötzlich sah er etwas am Horizont. Eine riesige Armee aus dunklen Gestalten kam auf die Schlacht zu. „Nein", dachte er, „die Verstärkung der Menschen." Im selben Moment meldete sich Ikiro zu Wort: „Wir müssen hier weg. Sie bekommen Verstärkung und das sind definitiv keine Menschen. Ich kann keine weiteren Truppen für irgendwelche Wesen entbehren! Noran, kümmern sie sich um den Rückzug!" Noran schluckte. „Verdammt! Das darf nicht wahr sein! Rückzug! Alle Mann Rückzug! Umdrehen!", rief er. Er drehte sich um und rannte. Überall erschollen Hörner, die die Signale zum Rückzug gaben. Alles setzte sich in Bewegung. Die Elben flohen in Richtung Wüstenmitte. „Alle Notbatallione sollen uns den

Rückzug sichern…", wollte er gerade an die Magier durch den Geist durchgeben, als sich jemand meldete. Es war Lauriél: „Noran! Es sind unsere Verbündeten. Nicht zurückziehen." „Du lebst ja!" „Sogar mehr als du denkst!" „Das freut mich zu hören! Ich werde den Rückzug abbrechen. Bis dann." „Ja, viel Glück." Noran gab das Signal und führte die Truppen mit neuer Energie zurück in den Kampf.

Er nahm fast nichts mehr um ihn herum wahr. Erol wusste nur noch eins. Er musste Leivans Vorhaben ein Ende bereiten. Er stolperte ein paar Schritte rückwärts. Leivan wurde in einen Kampf mit einem Elbenkrieger verwickelt. Schnell nahm er den Stein aus dem Beutel. Er streckte die Hand aus, auf der der Stein lag. In Richtung Leivan gewandt flüsterte er: „Ráldum Eerés. Der Stein glühte auf und ein Lichtblitz schoss zum Himmel und raste auf Leivan hinab. Der Blitz traf ihn mitten in die Brust und Leivan sackte zusammen. Der Stein glühte noch einmal auf und ließ eine Welle aus Energie los, die Erol tödlich verletzt umwarf. Schwer atmend blieb er auf dem Boden liegen. Den Stein in der linken Hand, das Schwert in der Rechten lag er dort. Er blickte zum Himmel und sah das Blau. Die Freiheit. Das Leben. Und den Tod.

Noran sah den Blitz ganz in der Nähe und rannte sofort hin. „Erol", dachte er. Sobald er da war, sah er seinen Vater am Boden liegen. Elbenkrieger schützten ihn. Er kniete sich neben ihm hin. „Vater. Bitte. Komm zu dir. Bitte stirb nicht." „Noran…", Erols Stimme zitterte. Langsam kullerte eine Träne über Norans Wange. Lauriél kam dazu. Sofort kniete sie sich in und legte ihre Hand auf Erols Brust. Kurz schloss sie die Augen. Als sie wieder aufsah, blickte sie Noran in die Augen und schüttelte leicht den Kopf. „Noran, du weißt wie stolz ich auf dich bin. Sei nicht traurig. Du bist stark. Du schaffst das.", keuchte Erol. Langsam neigte er den Kopf in Richtung Lauriél: „Du warst eine tapfere Kämpferin. Nimm mein Schild. Er wird dich auf ewig beschützen. Sei tapfer." Mit Tränen in den Augen nahm sie langsam den Schild. „Noran…", flüsterte er. „Ja Erol." „Nimm mein Schwert. Du bist würdig genug um es zu führen." Noran zitterte, schweigend nahm er es an sich. Von seinem Rücken befreite sich Paldin. Er ging zu Erol und stieß ihn leicht mit dem Kopf an „Pass auf ihn auf. Er hat es verdient zu leben. Noran. Noch eine letzte Bitte." „Ich tue alles." „Nimm den Stein. Zerstört ihn. Er ist zu gefährlich. Geht nach Távrektas. Dort sollst du ihn zerstören." „Wie?

Wo?" „Das wissen nur die Götter. Finde es heraus."
Noran schluckte. „Ja, Vater. Ja, Erol.", sagte er leise.
„Vergesst beide nicht, die Freiheit zählt. Nichts anderes. Seid euch darüber im Klaren, dass es nichts Wichtigeres als die Freiheit gibt. Genauso wie dort oben.", keuchte er und richtete seinen Blick nach oben zum Himmel. „Vergesst nicht. Vergesst…", und dann wurde sein Blick leer und er sah zum letzten Mal das Blau des Himmels. Erol flüsterte noch einmal: „Freiheit."

Abschied

Das Feuer brannte lichterloh. Die Flammen schlugen bis zum Nachthimmel. Erol lag auf einem Holzhügel. Noch am Nachmittag hatten sie alle Toten und Verletzten mit Magie nach Al'fandel gebracht. Das menschliche Heer war geflohen, nachdem Leivan tot war. Lysander VI hatte man nicht mehr gesehen. Nun waren alle versammelt und trauerten um Erol, der verbrannt wurde. Er würde als Held in die Geschichte eingehen, der alle gerettet hatte, da er es geschafft hatte, Leivan zu töten. Es war mitten in der Nacht und man konnte die Sterne sehen. Bald war der Holzhügel niedergebrannt, doch noch war die Zeremonie nicht zu Ende. Jeder, der wollte, konnte an Erols Aschehügel Totenwache halten. Die Meisten aber wollten schlafen, denn sie hatten einen anstrengenden Tag hinter sich. Zurück blieben Noran, Lauriél, Elranah, Karlunah, Aurelia, Daloon, Marcus, Sormina, Lisa und Eva. Alle Gefährten trauerten um Erol, in der kurzen Zeit war er allen ein Freund geworden. Mit Magie hoben sie Erols Asche aus dem verbrannten Holzhaufen und legten ihn in eine verzierte Kiste. Sie standen im Kreis um sie herum. Die ganze Nacht, bis zum Morgengrauen standen sie schweigend da. Nur Lisa und Eva, die es nicht gewöhnt waren so lange zu stehen, setzten sich hin. Dann, als die ersten Sonnenstrahlen über den Horizont kamen, legten sie die Kiste in das Grab und vergruben sie. Noran und Lauriél weinten ein wenig. Auch Elranah rannen Tränen übers Gesicht. Sie gingen in Richtung Al'fandel, denn der Friedhof lag außerhalb der Stadt. Lisa und Eva legten sich hin, nachdem sie im Gästezimmer von Lauriéls und Sorminas Haus die Betten hergerichtet hatten, und schliefen bis zur Mittagsstunde.

Lauriél und Elranah gingen in die Bibliothek. Sie suchten nach diesem Ort, wo sie den Stein zerstören konnten. Man sah ihnen die Trauer an und kein anderer Elb sprach sie an. Karlunah, Sormina und Aurelia wanderten ziellos durch Al'fandel. Auch sie trauerten. Am Abend machten sie sich zum Fest fertig, das zu Erols Ehren und zur Freiheit des Landes veranstaltet wurde. Lisa und Eva machten sich ebenfalls fertig. Noran, Elranah und Lauriél kamen erst später am Abend zum Fest dazu. Noran hatte die dunkelblaue Uniform der elbischen Armee an. Elranah trug eine lederne dunkle Hose und ein dunkelbraunes Wams. Ihre Haare waren hochgesteckt. Lauriél hatte eine schlichte schwarze Hose, ein schwarzes Wams und schwarze Handschuhe an. Sie trug ihre Haare offen. Karlunah kam zu Lauriél und zog sie zum Bankett.

Elranah schmunzelte und lief ihnen hinterher. Noran ging zu den anderen Generälen. Karlunah führte Lauriél und Elranah zu den Gefährten. „Habt ihr etwas über diesen Ort herausgefunden?", fragte Daloon. „Nein, leider nicht.", antwortete Elranah.

Alle Bewohner der Stadt feierten, tanzten und sangen bis zum nächsten Morgengrauen. Es wurde ein buntes Fest. Eine lange Tafel mit viel Essen stand auf dem Hauptplatz. In der Mitte brannte ein hohes Feuer und eine Kapelle spielte ein Lied nach dem anderen. Gegen Mitternacht spielte eine Band mit einer Sängerin, die im ganzen Land berühmt war. Alle Elben blieben auf und tanzten mit. Die Stadt war hell erleuchtet und keiner machte sich Sorgen. Als die Sonne aufging begannen ein paar aufzuräumen, die meisten aber legten sich schlafen.

Vergangenheit

Alle Gefährten saßen drei Tage später am Lagerfeuer, etwas abseits von Al'fandel im Wald und wollten endlich von Lauriél wissen, wer die Verbündeten waren, die der Schlacht die entscheidende Wendung gegeben hatten. Keiner hatte in dem Getümmel genau erkennen können, wer ihnen zu Hilfe geeilt war. Lauriél zögerte, wenn sie das erzählte, war sie vielleicht kurz darauf tot. Keiner der Gefährten, außer vielleicht Elranah, wusste wer sie wirklich war. „Ich… Es hängt mit meiner Vergangenheit zusammen." „Wer die Verbündeten waren?", fragte Eva überrascht. „Ja. Es war vor fünf Jahren. Elranah hatte mir gerade gesagt, dass ihre Eltern Gestaltwandler waren und sie sich wahrscheinlich auch bald verwandeln würde. Ich ging nach Hause…

Leivan erwartete mich bereits. „Da bist du ja. Ich hab mir schon Sorgen gemacht." „Ich war noch bei Elranah." Er nahm mich bei der Hand und zog mich in sein Arbeitszimmer. „Was ist?", fragte ich misstrauisch. „Zeig mir das Zeichen." „Nein." „Warum nicht?" „In letzter Zeit sagst du das immer zu mir. Ich will erst wissen warum!?" Er kam seit ein paar Monaten jeden Tag zu mir, um das Zeichen zu sehen. Langsam nervte es. Mein Vater seufzte. „Ich mache mir Sorgen um dich." „Was hat das mit dem Zeichen zu tun?" „Das verstehst du nicht!" „Dann erkläre es mir.", wollte ich wissen. „Nein. Eines Tages werde ich es dir sagen, aber nicht jetzt." Er atmete tief durch. „Jetzt zeig mir das Zeichen." „Nein." „Lauriél, zeig es mir." „Nein. Erst will ich die Bedeutung wissen." Ich fühlte nur den Schmerz auf meiner Wange. Mein Vater hatte mich geschlagen. Er tat so etwas nie. Er war ein gutmütiger Mensch. Dachte ich zu mindestens. „Zeig es mir!", verlangte er. Ich ging einige Schritte zurück und schüttelte den Kopf. „Ich will erst wissen warum!?", meinte ich stur. „Lauriél, das war ein Befehl." Er schlug nochmals zu. Wieder Schmerz. Dann konnte ich mich nicht mehr bewegen. Leivan hatte mich mit seiner Macht gelähmt. Er nahm seinen Dolch und ritzte mir das Gewand an der Schulter auf. Er berührte das Zeichen und murmelte etwas. „Danke." Er ließ mich aus der Lähmung frei und machte mein Gewand wieder ganz. Ich sah ihn kalt an. „Lauriél, du bist meine Tochter, also musst du meine Befehle befolgen. Das nächste Mal warte ich nicht so lange. Soldaten, sperrt sie in ihr Zimmer. Sie kann raus, wenn sie mir gehorcht!" Die Soldaten brachten mich in mein Zimmer und schlossen mich ein. Ich hasste

ihn. Er konnte so etwas einfach nicht tun. Auch wenn er König war. Er durfte das nicht.
Nach ein paar Tagen kam mein Vater wieder zu mir. Sobald die Tür geschlossen war, murmelte ich etwas. Der Zorn in mir, dass mein Vater mich gefesselt und tagelang eingesperrt hatte, siegte über meine Vernunft. „Ab sofort bin ich, Lauriél, nicht mehr Leivans Tochter.", sagte ich. Leivan wurde weiß, als er bemerkte, dass alle Elben es mitgehört hatten. Ich fing an zu lächeln. Ich hatte einen Zauberspruch gewirkt. Er murmelte schnell den Gegenspruch und sagte noch etwas. Ich flog nach hinten und knallte gegen einen Schrank. Schnell rappelte ich mich auf und rannte wag. „Lauriél, warte!", das war meine Mutter, sie war gerade ins Zimmer gekommen. Aber ich konnte nicht stehen bleiben. Nicht nachdem was geschehen war. Ich erkannte Leivan nicht mehr als Vater an. Ich rannte in den Wald, immer weiter um meine Trauer und meinen Zorn loszuwerden.

… „Es war ein kaltes Wesen. Es hat mich gebissen. Sie können sich geräuschlos bewegen und sind in der Sonne fast durchsichtig. Sie sind unglaublich schnell und wenn sie rennen, sieht man sie nicht. Sie müssen Blut trinken, um zu überleben. Es hätte mich umgebracht, wenn der

Ruf eines Gestaltwandlers es nicht davon abgehalten hätte. Sie werden davon angezogen und können nicht wiederstehen. Es stürzte den Ruf nach. Mein Blut muss die Verwandlung unterbrochen haben. Ich wachte dann irgendwann auf und als ich merkte, was ich war, verschleierte ich mich und blieb ein Jahr fort. Dann kam ich wieder. Alle haben sich gefreut, dass ich wieder da war." „Erzähl weiter...bitte.", meinte Karlunah. Die anderen sahen sie nur geschockt an. Halbwesen wurden meistens getötet. Wie auch alle gefangengenommenen kalten Wesen. „Also gut." Lauriéls Stimme zitterte. „Seit ich gebissen worden bin, kann ich in die Zukunft schauen. Ich bekomme Visionen. Aber nur manchmal. Ich sah nur selten wann wir angegriffen worden sind und dann wusste ich nicht genau wann." Sie schaute Elranah an. „Unsere Verbündeten waren kalte Wesen. Ich konnte sie überreden uns zu helfen"…

Ich hörte nur noch Norans Stimme, dann flog ich durch die Luft. Mir wurde klar, dass wir die Schlacht nicht gewinnen konnten, nicht ohne Hilfe. Ich murmelte einen Spruch, der mich zu den kalten Wesen beförderte. Hart schlug ich auf dem Boden auf. Vor mir lag der Palast der kalten Wesen. Ein paar kamen auf mich zu und zerrten mich hoch. "Komm mit zur Königin.", sagte einer. Er konnte anscheinend Absichten erkennen. Ich nickte und die Wesen nahmen mich in ihre Mitte. Sie führten mich durch die steinerden Gänge des Palastes. Nichts war an den Wänden als nackter Stein. Alles schien trostlos und verlassen, obwohl die kalten Wesen hier lebten.

Als ich in den Thronsaal geführt wurde, stieß mich eines der Wesen unsanft zu Boden. Die anderen verbeugten sich. Eine Frau, die dunkle Haut und braune Haare hatte, sah mich durchdringend mit ihren lila Augen an. "Erheb dich!" Ich stand auf. "Warum bist du hier, Halbwesen?" Es kamen ein paar Schaulustige und versammelten sich um sie. "Ich suche Hilfe.", antwortete ich. "Hilfe? Bei uns?" "Ja. Unser König hat sich gegen uns verschworen." "Warum bei uns? Halbwesen sind sehr selten und wenn, dann suchen sie uns nicht auf!" "Mutter?", ertönte eine Stimme von der Seite. "Ja, Yelice?" "Ich habe sie vor fünf Jahren gebissen. Ein Gestaltwandler hat mich abgelenkt und nun ist sie ein Mischwesen." Alle lachten los. Halbwesen wurden von ihnen verachtet. "Ah." Ich starrte ins Nichts." Jetzt kannte ich die Schuldige. Ich sprach erneut zur Königen: "Ich hatte eine Vision, dieselbe wie schon einmal. Jemand würde sterben, aber wenn ich diesen jemand aufhalten *würde, würde unser Land versklavt werden. „Wie ich sehe bist du eine Zukunftsseherin.", meinte die Königin. „Also, warum sollten wir euch helfen?" „Leivan hat einen Splitter vom Stein der Macht." „WAS!!! Das kann nicht sein! Der Stein ist verschollen." „War, aber jetzt ist er wieder aufgetaucht.", flüsterte ich. Eigentlich hatte ich es ihnen nicht sagen wollen, aber sonst würden sie uns nicht helfen „Bitte helft uns, bevor er noch mehr Schaden anrichten kann." Die Königin lehnte sich zurück. „Na gut. Macht euch bereit. Holt die Rüstungen. Wir treffen uns auf dem Hauptplatz. Wir greifen an." Über mein Gesicht huschte ein Lächeln. Ich hatte sie überredet. Jetzt würden wir die Schlacht gewinnen.*

… „So kam es dazu, dass sie uns retteten." Stille breitete sich aus. „Tötet mich, wenn ihr wollt.", flüsterte Lauriél traurig. „Nein. Das werde ich nicht zulassen.", meinte Noran mit fester Stimme. „Ich auch nicht.", stimmte Elranah zu. „Wir haben schon zu viele Verluste." Keiner der anderen rührte sich. „Es ist jetzt unser Geheimnis, kein anderer wird es je von uns erfahren.", sagte Aurelia langsam. Alle nickten. „Danke.", murmelte Lauriél. Da kamen die Sonnenstrahlen über den Horizont. Keiner hatte bemerkt, wie schnell die Zeit vergangen war. Die

Geschichte hatte sie alle in den Bann gezogen. Als die Sonnenstrahlen Lauriéls Haut berührten, wurde sie ein wenig durchsichtig. Sie zog eine kleine Flasche aus ihrer Tasche und trank einen Schluck daraus. Danach glich ihre Haut denen der anderen. Alle machten sich auf den Weg zur Stadt.

Krönung

Am nächsten Tag waren alle Gefährten und Noran, der jetzt dazu zählte, früh auf um zusammen weiter in der Bibliothek zu forschen und ein wenig über ihr nächstes Ziel herauszufinden. Doch Elranah merkte, dass alle Elben, die ihr begegneten, sie mit großem Respekt behandelten. „Gehe doch mal mit Aurelia nach da vorn. Vielleicht findet ihr dort was!", sagte Lauriél nach einiger Zeit. Sobald die Geschwister außer Hörweite waren, steckten die Gefährten die Köpfe zusammen und sprachen miteinander. „Ich glaube die anderen verhalten sich zu auffällig", meinte Daloon. -Er meinte damit die anderen Elben- „Ich hoffe, sie haben es noch nicht erfahren!", flüsterte Karlunah. Die restlichen Gefährten, also alle außer Aurelia und Elranah, wussten, dass Elranah die neue Königin und Aurelia die neue Prinzessin der Elben werden sollten. Eine geheime Ratsversammlung hatte abgestimmt und es war einstimmig angenommen worden. Marcus hatte den Vorschlag gemacht, dass der Beschluss geheim gehalten und dann vor allen Leuten am nächsten Abend verkündet werden sollte. Die Anderen waren sofort einverstanden. Doch nun hatten sie Angst, dass

Elben, die davon durch irgendeinen ungebetenen Zuhörer erfahren hatten, zwar versuchten nicht auffällig zu sein, aber sich wohl nicht ganz beherrschen konnten und es ausplauderten. Lauriél hatte sogar einen gesehen, der sich aus Versehen verbeugt hatte -er war wahrscheinlich einfach zu gut erzogen- hatte dann aber so getan als müsse er ein Buch aufheben. Elranah hatte zwar leicht verwirrt gewirkt, aber sie hatte wohl gedacht, dass dieser Elb etwas im Kreuze habe und sich deshalb nicht so gut bücken konnte. „Nun, jetzt sind die beiden halt etwas verwirrt.", sagte Lisa. „Aber Hauptsache die Elben oder wir plappern nichts aus." „Ja.", sagte Daloon mit entschlossener Miene. „Dem…", er schien kurz zu überlegen, „Dem will meine Axt ein schönes Geschenk machen. Und ich sage euch, dieses Geschenk, davon hat er für immer etwas!" Darüber mussten die Gefährten kurz schmunzeln. Sie wurden aber schnell wieder ernst. Karlunah seufzte: „Ich mag keine Überraschungen, wenn sie mit nur einem Wort kaputt gehen können. Wir sollten es ihr vielleicht doch lieber sagen. Sonst könnte es sein…" „Lauriél und alle anderen!", rief auf einmal Aurelia. „Kommt schnell, Elranah…", sie verstummte, weil sie so laut keuchte. Dann versuchte sie es nochmal: „Elranah, sie…" „WAS IST MIT ELRANAH?", rief

Lauriél voller Angst, „Sie hat das Buch gefunden." „Ja und? Warum schiebst du hier dann Panik?", drängte diesmal Sormina. „Sie hat das Buch rausgezogen. Es war viel schwerer als sie dachte. Sie stolperte daher nach hinten und fiel hin. Sie schlug mit dem Hinterkopf auf das gegenüberstehende Regal und hat das Bewusstsein verloren!" „NEIN, hast du sie schon mit Magie geheilt?", fragte Karlunah ganz aufgeregt. „Ich wollte ja, aber ich habe nicht genug Kraft. Sie, sie …Wenn jetzt…", stammelte Aurelia und klang ganz verzweifelt. „Los, kommt. Es kann ja nicht so schlimm sein. Wir müssen zu Elranah.", rief Lauriél, die schon auf dem Weg zwischen den Regalen zum Unfallort rannte. Dort angekommen lag Elranah auf der Seite und regte sich nicht. Halb auf ihr, halb auf dem Boden lag ein dickes Buch. Lauriél versuchte es von ihr wegzuziehen, wobei sie merkte, was Aurelia gemeint hatte und erst nach dem dritten Mal schaffte sie es. Nun drehte Lauriél Elranahs Kopf so, dass sie die Platzwunde, die stark blutete und auch groß war, gut sehen konnte. „Helft mir! Ich bin alleine nicht stark genug!", rief sie. Sie wusste, dass wahrscheinlich auch etwas gebrochen war. Nachdem Karlunah, Aurelia und Noran ihre Hände auf Lauriéls Kopf und Schultern gelegt hatten, fing sie langsam an sich um die Verletzung zu kümmern. Nach einer Stunde in der die vier Elben nur da knieten und sich nicht bewegten und Sormina, Eva, Lisa, Marcus und Daloon sich schon Sorgen machten dass etwas schief gelaufen sei, zuckte Lauriéls Arm auf einmal und sie lehnte sich total erschöpft gegen das Regal. „Alles, gut! Sie ist in Ordnung!", keuchte sie.

Elranah wachte auf und stöhnte. Sofort kam eine Hand und legte ihr einen Lappen, den Eva zwischendurch geholt hatte, auf die Stirn. „Lauriél?", fragte Elranah. „Ja, ich bin hier. Alles ist gut. Du bist in Ordnung", kam die Antwort. „Lauriél, du musst mir glauben. Ich habe bei dem nächsten Ziel ein schlechtes Gefühl." „Warum?" „Weil ich nicht genau weiß ob wir überhaupt dorthin kommen." „Warum?", wiederholte Lauriél ihre Frage. Elranah überlegte wie sie es sagen soll. Dann entschied sie sich etwas anderes zu fragen. „Wie spät ist es?" „Es ist gleich Nachmittag. Wieso?" „Weil ich das Buch genau studieren muss. Noch heute." Sie schaute kurz zu Noran und Karlunah. „Nein ich fürchte das geht nicht. Du bist schon verplant. Natürlich nur, wenn es dir gut genug geht." „Wofür soll es mir gut genug gehen?", fragte Elranah jetzt total verwirrt. „Für deine Krönung!" „Krönung?", fragte Elranah erstaunt. „Du meinst doch nicht etwa…?" „Doch Elranah, Königin der Elben! Du wirst Königin und Aurelia die Prinzessin. Also bist du stark genug?" „Da fragst du noch? Los, ich muss mich noch vorbereiten. Außerdem muss ich mich noch um Kleidung und meine Haare kümmern." Sie wollte sich hinsetzen, aber kaum hatte sie es getan, wurde ihr schwarz vor Augen und sie kippte nach hinten. „Vorsicht!", rief Noran und sprang nach vorn um sie aufzufangen. Elranah lag einen Moment wie tot in seinen Armen. Dann schlug sie die Augen auf, setzte sich hin und schaute sich um. Als ihr wieder schwindelig zu werden drohte, klammerte sie sich an Norans Arm, der sie jederzeit erneut auffangen würde und sagte mit fester Stimme: „Was ist? Haben wir keine Krönung zu feiern?" Mit diesen Worten jubelten alle los, außer Noran, der zu sehr damit beschäftigt war, sich um die immer noch schwankende Elranah zu kümmern.

Am Abend trafen sich die Gefährten, um zusammen zu der Krönung zu gehen. Elranah und Aurelia waren nicht dabei. Sie mussten sich noch vorbereiten. Außerdem wurden sie, wenn sie fertig waren, auf das Podium auf dem Marktplatz geleitet. Lauriél hatte wieder die schwarze Hose an und auch das Wams und die

Handschuhe trug sie. Diesmal jedoch hatte sich noch einen dunkelgrünen Mantel darüber gezogen. Daloon trug seine Rüstung, nur dass sie jetzt frisch poliert war und der Helm fehlte, er trennte sich ungerne von ihr. Den Bart und die Haare hatte er ordentlich gekämmt. Karlunah hatte ein warmes schönes Kleid an, da es immer noch ein wenig kalt war. Als sie ankamen, saßen Elranah und Aurelia bereits auf zwei Thronen. Sie sahen aufgeregt, aber auch glücklich aus. Elranah hatte ein dunkelrotes Gewand an und ein kleines, schon fast nur eine Schnur dickes ebenfalls dunkelrotes Band um den Kopf. Aurelia hatte ein weiß- grünes Kleid an, das zu ihren Haaren passte. Als die Gefährten sich hinsetzten, sahen sie Lavenda, die auf einem kleinen Hügel stand, um alles beobachten zu können. „Daloon, behalte sie bitte im Auge. Ich traue ihr nicht.". sagte Sormina leise zu Daloon. „Mach ich!", versprach der. Dann begann die Zeremonie.

„Ganz ruhig!", sagte Aurelia zu sich selbst. Sie saß dort und schaute sich alles genau an. Sie hatte ihre Freunde schon längst gesehen und es Elranah gleich mitgeteilt. Sie hatte auch Lavenda schon erblickt. Nun ließ sie sie nicht mehr aus den Augen. Lavenda starrte sie mit vor Hass fast überquellenden Augen an. Aurelia bekam ein ungutes

Gefühl, blickte aber trotzdem stur geradeaus und versuchte sich keine Sorgen zu machen. Plötzlich stieg ein Elb, der wohl die Krönung durchführen würde, auf ein kleines Podest. „Wir haben uns heute hier versammelt, um die Ernennung von zwei Elben zur Aryn[13] und Aperi[14] zu feiern. Elranah wird, natürlich nur mit ihrer Zustimmung, die neue Edheltharyn[15] und Aurelia die neue Aperi sein." Das Volk jubelte los. „Elranah, willst du dieses Volk führen und immer auf den Rechten weg weisen, falls die Elben anfangen zu zweifeln?", übertönte der Elb den Jubel. „Ja ich will es tun", antwortete Elranah laut genug, damit es alle hören konnten. „Nun dann überreiche ich dir die Krone und so das ganze Volk." Mit diesen Worten knieten sich alle Elben hin, wurden leise und boten Elranah eine unglaubliche Sicht. „Erhebt euch. Erhebt euch und seid treue und verlässige Volksleute. Wenn ihr das seid, werdet ihr von mir große Güte erfahren." Das Volk erhob sich jubelnd und der Elb wandte sich nun an Aurelia: „Aurelia, du bist Elranahs Schwester und daher dazu gebeten, den Platz als neue Prinzessin einzunehmen. Willst du deiner Königin und

---

[13] Königin
[14] Prinzessin
[15] Elbenkönigin

Schwester eine treue Gehilfin sein und ihr in schweren Entscheidungen zur Seite zu stehen?" „Ja, das werde ich!", versprach diese feierlich. „Nun gut. Dann gebe ich dir dieses Haarband und das Versprechen, bei der nächsten Krönung nach Aryns Elranahs Zeit Königin zu werden.", sprach der Elb und setzte ihr einen goldenen und silbernen Haarreif auf. Aurelia neigte den Kopf und alle Elben, außer Lavenda, die sich auch bei Elranahs Ernennung nicht verbeugt hatte, taten es ihr nach. Danach stand Elranah auf und sagte: „Heute wird gefeiert. Keiner muss von dem Fest fernbleiben, alle sind eingeladen. Jeder darf tanzen, essen und trinken so viel er will. Bis spät in die Nacht oder sogar bis zum Morgengrauen soll kein Leid diesen Ort berühren können." Das Volk, darunter auch die Gefährten, jubelten und riefen Aurelias und Elranahs Namen. An diesem Abend feierten und lachten alle Elben. Die Gefährten saßen auf einer Bank. Die beiden neuen Königsgeschwister hatten darauf bestanden unter normalen Leuten zu sitzen und zu tanzen, was bisher nur sehr selten vorgekommen war. Vielleicht lag es daran, dass Elranah und Aurelia in einfachen Verhältnissen aufgewachsen waren und so nicht das Luxusleben der Reichen kannten. „Wisst ihr, ich bin euch einfach nur dankbar. Ich werde nie wieder solche Freunde finden wie euch.", sagte Elranah im Verlauf des Abends. „Und wir werden nie wieder eine solche Aryn haben wie dich.", antwortete Lauriél daraufhin. „Und was ist mit mir?", fragte Aurelia empört, „Werde ich keine gute Aryn?" „Doch die beste der Welt!", sagten alle wie aus einem Mund. Sofort fingen sie an zu lachen. Noran forderte Lauriél zum Tanzen auf und sie wirbelten zu zweit über die Tanzfläche. Irgendwann löste dann Lisa Lauriél ab und Lauriél setzte sich außer Atem zu ihren Freunden. Die hatten derweil angefangen zu singen und machten nun ein Spiel. Einer fing an zu singen und der nächste musste darauf antworten. Es machte viel Spaß und am Ende hatte Aurelia die meisten Punkte. Sormina folgte mit nur zwei Punkten weniger. Karlunah verschwand anschließend auf die Tanzfläche und Noran und Lisa stießen wieder zu den Gefährten. „Ein tolles Fest, Aryn Elranah!", rief Noran über den Lärm hinweg. „Danke. Aber du musst mich nicht mit Aryn nennen, wir sind doch Freunde." Noran lächelte zur Antwort nur, denn es wurde nun Essen und Trinken ausgegeben. Sofort griffen die Gefährten hungrig zu und verschlangen Unmengen des guten Essens. Lange hatten sie darauf verzichten müssen. Alle waren fröhlich und tanzten und sangen noch bis tief in den nächsten Morgen hinein.

Jedoch beobachtete Lavenda die Freunde genau. Und am Morgen verschwand sie ins Nirgendwo.

Noran stand in seiner Uniform auf der äußersten Mauer Al´fandels und schaute über die mittlerweile hellgrünen weiten Wälder. Von hinten kam Lauriél leise auf ihn zu und stellte sich neben ihn. Sie schaute ihn an: „Was kommt jetzt? Du weißt, dass wir den Stein zerstören müssen." Ein Windstoß ließ Norans Kommandantenumhang flattern. „Das müssen wir wohl machen. Seine Mission war es den Stein zu beschützen. Unsere ist es jetzt ihn zu zerstören." Lauriél nickte. „Das ist jetzt unser Schicksaal. Das ist unsere Mission."

Anhang

- Danksagung

- Ellvariné Wörterbuch

- Wortverzeichnis

Danksagung

Als allererstes möchten wir Sabine danken, die für uns sehr viel getan hat. Ohne sie wäre das Buch nicht so weit gekommen und so gut geworden wie es jetzt ist. Ob als persönliches Lektorat oder als Unterstützer in Sachen Verlag finden, nie hat sie aufgehört zu helfen. Vielen Dank dafür. Auch herzlichen Dank an Lena und Julia, die uns immer unterstützt haben und auch einige Fehler im Buch gefunden haben.

Außerdem möchten wir jedem danken, der während der vielen Jahre an uns geglaubt und uns unterstützt hat.

Natürlich danken wir auch allen Lesern und Leserinnen, die das Buch gekauft und gelesen haben. Wir hoffen es hat euch gefallen und bleibt dran, bis der nächste Band rauskommt.

Liebe Grüße an alle,
Eure Tanja, Alicia und Robin.

Ellvariné Wörterbuch

Deutsch	Elvarin
A	
Auf	Tyel
Abend	Aduial
Abenddämmerung	Adruial
Arbeit	Fabreca
Auch	Achan
Ahnung	Alya
Alle	Dévi
B	
Bedeutung	Zélián
Bitte	Anith
Bibliothek	Charéth
Balken	Gilitu
Blau	Caér
Brett	Bresyla
Buch	Charuta
Brunnen	Oria
Botschaft	Litarum
Bild	Migao
Bruder	Nethal
Bogen	Bengul
Bin	Inya
Bist	Elye
Baum	Táva
Bäume	Táverén
Blatt	Athela
Blätter	Athelor

C	
D	
Diese	Melye
Dieser	Melyer
Dieses	Melyes
Diesem	Melyem
Diesen	Melyen
Du	Elya
Der	Eneth
Die	Mellyn
Das	Déw
Den	Lín
Dem	Yan
Des	Yen
Dort	Ento
Dich	Lir
Dir	Iéder
Denen	Denres
Drache	Drathon
Decke	Calymm
Drachen	Drathonia
Denken	Geleth
Dein	Dyan
Danke	Anauth
Dass	Déva
Da	Enoá
Doof	Defién
E	
Er	Rya
Es	Esyé
Es	Sa
Elbenfreund	Elvellon

Elbenfreunde	Elvellona
Elb	Edhel
Elben	Edhelth
Es	Iés
Engel	Gelan
Eis	Ciengla
Ein/ einer/ eine	Keth
Erheben	Ortho
Endlich	Un
F	
Frieden	Sére
Fremder	Athol
Fremde	Edlan
Fremde (pl.)	etteleo
Fußkämpfer	Athyra
Fußkämpfer (pl.)	Athyro
Feind	Cotuna
Feinde	Cotuno
Frei	Lely
Freiheit	Lelin
Freundin	Meldan
Freund	Meldon
Feuerplatz	Frithal
Feigling	Nelthork
Feiglinge	Nelthark
Fallen	Fiorn
Freude	Sera
Fluss	Luvil
G	
Gefahr	Delwa
Glück	Sera
Gefährlich	Delu
Glas	Sulay

Gardine	Elav
Gelb	Selan
Gehen	Lemé
Gut	Welá
Ge-	An-
Gewonnen	Saroma
H	
Haus	Dortha
Häuser	Dorther
Heilen	Yesta
Hören	Val
Helfen	Hilfas
Honig	Efran
Hochzeit	Menaséu
Heißen	Hayan
Hier	Eréh
Hallo	Silvo
I	
Ich	Nye
Ihr	Ira
Ist	Ena
Ihn	Leya
Ihr	Iér
Ihn	Ién
Ihnen	Inern
Ihr	Ian
Ihrer	Tyan
Ihre	Vyan
In	Ríen
Ihnen	Arida
J	
Ja	Je

Jetzt	Jeta
K	
Krieg	Dagro
Kampf	Dagora
König	Aruun
Königin	Aryn
Könige	Aperuun
Königinnen	Aperyn
Kommen	Tol
Köcher	Koven
Kette	Actena
Kerze	Cendya
Kloster	Celesia
Kugel	Phaso
Kleid	Estiris
Kissen	Cara
Kein/ Keiner/ Keine	Neketh
Kiste	Ecista
L	
Lava	Lama
Lagerplatz	Lethal
Leine	Cusié
Langweilig	Anado
-los	Pen-
M	
Majestät (m)	Aruun
Majestät (w)	Aryn
Mich	Min
Meister	Donya
Meister (pl.)	Donye
Mit-	Gwana-
Mantel	Mo'on

Mir	Mer
Mal	Mad
Magier	Epres
Magierin	Epris
Magie	Eprié
Mutter	Naneth
Messer	Ulthin
Matsch	Coneon
Müssen	Methán
Mein	Myan
Machen	Dunére
N	
Neu	Uénya
Nein	Ne
Nuss	Nicu
Nüsse	Nicur
Nach-	Coner-
Name	Lamesta
Nicht	Neth
O	
P	
Pfeil	Pfok
Prinzessin	Aperi
Prinz	Apero
Pflanze	Citora
Q	
R	
Rennen	Northa
Ritter/ Reiter	Magor
Ritter/ Reiter (pl.)	Magoris

Rache	Achar
Rot	Bius
S	
Sie	Sya
Sie	Sira
Stamm	Telka
Stämme	Telkin
Sein	Dan
Sind	Ava
Seid	Avo
Seid	Aver
Sie	Ryla
Sie	sones
Schwert	Supit
Schwertscheide	Supith
Sohn	Gondo
Schwester	Nethel
Schlüssel	Blimu
Schriftrolle	Chartus
Stuhl	Sique
Strick	Capul
Seile	Caluba
Sonne	Nicula
Stift	Culerus
See	Relayuer
Stern	Surca
Stoßen	Asto
Sein	Syan
Sein	Fyan
Sorgen	Sethen
Schön	niára
So	Sé
T	

Tabelle	Tobela
Tschüss	Satréo
Tochter	Gonda
Teppich	Ristima
Treppe	Salac
Truhe	Amairi
Tür	Estient
Tasche	Pere
Topf	Oralu
U	
Uns	Amén
Uns	Urn
Und	Unya
Unser	Uyan
Um	Umeen
Unwichtig	Unaye
V	
Verloren	Vanwer
Vater	Nathar
Vogel	Vesal
Viel/e	Veli
Voran	-lor
W	
Wir	Wera
Wald	Weryn
Wälder	Weran
Weg stoßen	Nenasto
Wasserfall	Lanthiers
Wasser	Nymph
Wind	Flatus
Wein	Vuni
Wie	Nîr

Weg-	Nen-
Was	Nîes
Wer	Nîer
Wem	Nîem
Wen	Nîen
Weg	Ekán
Wollen	Tawé
Wichtig	Naye
X	
Y	
Z	
Zwischen	Seva
Zwerg	Naugol
Zwörg	Naugel
Zeigen	Meroth
Zeremonie	Ceryá

Wortverzeichnis

Al'fandel	Sie ist die Hauptstadt im Land Ellvarín und der/die Elbenkönig/-in lebt dort. Sie liegt mitten im Sternenwald. Dort steht ein prächtiger Palast, in dem der/die König/-in mit seiner/ihrer Familie wohnt. Sie liegt an einem leichten Hügel. Der Palast ist ganz oben. Am oberen Hang liegen die schönen Häuser der Reichen. Groß, meistens dreistöckig. Weit verteilt, mit großen Gärten. Darunter die der Arbeiter und Bürger. Es waren meist zweistöckige Häuser. Enger gebaut, mit nur noch kleinen Gärten. Am Fuße des Berges wohnen die Ärmeren. Sie hatten nur ganz einfache Häuser. Sehr eng bebaut. Fast keine Gärten mehr. Die Bauern wohnen außerhalb der Stadtmauer. In einfachen Häusern, die aber auch standfest sind.

Nel'fan	Sie ist eine große Handelsstadt und liegt südwestlich im Sternenwald. Sie ist riesig und eng bebaut. Sie liegt auf einer Lichtung mitten im Wald. Eine Stadtmauer umringt sie. Vereinzelt liegen auch Häuser außerhalb, die Bauern gehören. In der Mitte gibt es einen riesigen Platz. Die Häuser sind im mittelalterlichen Stil, wie in unserer Welt. Sie ist eng bebaut, hat aber breite Straßen, damit die Wagen hindurch

	passen. Es gibt kaum Gärten, dafür aber viele Höfe.
Wün'dan	Sie ist eine Wüstenstadt und liegt in der Wüste. Es wohnen viele Elben dort und ist ein Ziel für viele, die durch die Wüste wandern. Sie wird am Anfang des Buches von den Menschen zerstört. Die Häuser waren flach gebaut und gingen eher unter die Erde, wegen der vielen Sandstürme.
Zerfallene Stadt	Die Stadt ist zerfallen und liegt im Moor. Früher war sie ein Ziel von Wanderern, bis sie zerstört wurde.
Mal'an	Eine von Zwörgen erbaute Stadt. Sie liegt im Kleingebirge und ist berühmt für ihre großen Häuser (Hochhäuser) im Zentrum der Stadt. Der Zwörgenpalast ist nur für Zwörge zugänglich. Lisa und Eva sind die einzigen Menschen sie sehen durften. Es gibt viele Kunstwerke, die die Zwörge errichtet hatten. Die Häuser sind in den Felsen gehauen. Es gibt einen riesigen Platz, der weit in den Berg reicht und mindestens genauso weit draußen an der Felswand entlang verläuft.
Dün'ar	Die Stadt liegt im Düsterwald, hoch in den Bäumen. Sie wird von Elben bewohnt. Sie ist die einzige Stadt in dem Wald. Die meisten Häuser sind kunstvoll geschnitzt worden.

Fam'men	Eine von Zwörgen erbaute Stadt. Sie ist in den Berg gehauen und wird von einem roten Kristall ins Licht getaucht. Es gibt viele Kristalle an den Wänden. Die Stadt liegt im Aquell-Gebirge. Hier sind die größten Minen der Zwörge. Sie reichen weit in den Berg hinein.
Lond'el	Die kleine Stadt liegt an der Grenze von Ellvarín und Quansel (übersetzt: Wüstenland). Sie ist eine kleine unbedeutende Stadt, die von Zwörgen und Elben bewohnt wird. Es gibt nur einfache Häuser und ein etwas größeres Haus, das vom Herrscher der Stadt bewohnt wird.
Neg'an	Sie ist neben Nel'fandel eine der größten Handelsstädte. Sie liegt im Aquell-Gebirge am großen Fluss. Dort leben viele Elfen, Elben und Zwörge, die dort viel Fischhandel treiben. Es gibt einen riesigen Hafen und viele Tavernen.
Lorcerdo	Die Stadt liegt im Flusstiefland und ist die größte Stadt der Elfen. Sie ist im Schilf gebaut und gut versteckt. Normale Menschen übersehen sie leicht, obwohl sie groß ist. Wenige haben sie bisher gesehen und wenn sie etwas gesehen haben, dann erzählen sie von der Schönheit und Anmut der Stadt.

Qe'tent	Es ist die südlichste Stadt in ganz Ellvarín. Sie wurde von Elfen erbaut und liegt auf kleinen Inseln im Flusstiefland. Die Stadt ist wie eine Spirale erbaut worden und in der Mitte liegt ein großer Schatz der Elben, allerdings weiß niemand was es ist.
Morgina	Sie liegt im Sternenwald und hat viele große Universitäten der Elben. Außerdem gibt es dort eine riesige Bibliothek. Zudem noch viele Tavernen und Leute, die Zimmer vermieten. Es gibt viele Plätze, die mit Statuen verziert sind.
Kleingebirge	Ein Gebirge in Norden von Ellvarín. Einst lebten die Zwerge dort. Heute wird es von Zwörgen bewohnt.
Fer'modar	Tunnel, die sich durch das ganze Kleingebirge ziehen. Die Zwerge haben sie einst gebaut, um den Transport von Nahrungsmitteln durch das Gebirge zu ermöglichen. Es ist ein endloses Labyrinth mit nur einem richtigen Weg, den nur die auserwählten Händler kannten.
Düsterwald	Ein Wald im Norden von Ellvarín. Es ist immer dunkel und die Heimat von vielen kleinen Wesen z.B. von Feuerfeen. Der Wald hat einen magischen Mechanismus, der ausgelöst wird, wenn ihm eine große Gefahr

droht. Er nennt sich Meldaskan. Es bedeutet, dass große Gefahr sehr nahe ist. Der Wald verhindert damit, dass Kämpfe in ihm stattfinden. Das ist erst ein einziges Mal passiert, als die B'rureks über das Land herzogen. Es gibt einen Weg, die Wand zu öffnen.

Aquell-Gebirge	Liegt im Osten von Ellvarín und zieht sich über die ganze Ostseite vom Düsterwald bis zu der Flussebene. Die Zwörge haben dort viele Städte.
Moor	Das Moor liegt im Westen oberhalb der Wüste. Es war mal der Ort einer schrecklichen Schlacht, in der die Zerfallene Stadt zerstört wurde.
Wüste	Sie liegt im Westen von Ellvarín und ist die Heimat der Wüstengeister.
Flusstiefland	Viele kleine Flüsse durchziehen die Ebene, die östlich neben dem Sternenwald liegt. Es ist die Heimat der Elfen.
Sternenwald	Der lichte Wald liegt im Süden von Ellvarín und ist die Heimat vieler Elben. Der Wald wird durch einen Schutzbann von den Elben geschützt.
Zwörge	Bei Zwörgen unterscheidet sich die Farbe des Haares von der des Bartes. Sie sind größer als Zwerge. Sie sind ein eigenes Volk, das aus Kreuzungen von

	Menschen und Zwergen entstanden ist und sich selbständig gemacht hat. Meistens tragen sie eine typische Streitaxt.
Elben	Elben haben spitze Ohren und sehr scharfe Augen. Sie leben in der Natur und kümmern sich um sie. Sie sind schneller und ausdauernder als Menschen. Sie kämpfen meistens mit Schwert, Pfeil und Bogen oder Lanze. Sie sind sehr scheu, dadurch sieht man sie selten.
Elfen	Sie sind mit den Elben verwand. Sie haben auch spitze Ohren und scharfe Augen. Sie kümmern sich ebenfalls um die Natur. Sie sind noch schneller als Elben und auch so ausdauernd wie sie. Sie essen außerdem kein Fleisch.
Zwerge	Sie sind mit den Zwörgen verwandt und schon ausgestorben. Vor langer Zeit, als es noch keine Zwörge gab, sondern nur die Zwerge, war die Welt dunkel. Sie schürften und gruben unter der Erde in der Hoffnung etwas zu finden was die Welt verändern würde. Eines Tages fanden sie etwas. Es war ein mächtiges magisches Gestein. Mit diesem Gestein konnten sie Licht ins Dunkle bringen. Jedoch wussten sie, je tiefer sie gruben, je mehr bestand die Gefahr, dass die Höhle, in der sie lebten einstürzte. Und

eines Tages geschah es und das Zwergenvolk wurde ausgelöscht.

Waldläufer	Waldläufer sind Menschen, die beschlossen haben in der Natur zu leben. Sie ziehen im Land herum und suchen nach Veränderungen in der Natur. Sie haben gute Kondition und kennen jeden Weg im Lande Ellvarín. Sie sind auch Überlebenskünstler.
Gestaltwandler (Wölfe)	Sie leben zurückgezogen im Wald. In Ellvarín können sie sich in Wölfe verwandeln. Manche Gestaltwandler haben sich mit Elben gepaart. Dadurch gibt es auch Elben die sich in Wölfe verwandeln können.
Kalte Wesen	Die kalten Wesen trinken das Blut von anderen Völkern und werden in der Sonne fast vollständig durchsichtig. Sie lieben die Dunkelheit und alle Völker fürchten sie. Sie können sich geräuschlos und unglaublich schnell bewegen. Wenn sie rennen sieht man sie nicht. Kalte Wesen werden von dem Ruf der Gestaltwandler angelockt und können ihm nicht wiederstehen.
Elementgeister	Geister der Elemente. Sie beherrschen die Elemente Wasser, Erde, Feuer und Luft. Von ihnen lernten die Magier die Elemente zu benutzen. Es dauert Jahre

	einen von ihnen zu finden, denn sie sind sehr scheu.
Wüstengeister	Sie sind Elementgeister, die sich zu Stürmen zusammen getan haben. Sie lassen keinen an sich vorbei und sind nicht so scheu wie die anderen Elementgeister.
U'rak	Diese Vögel sind extrem gefährlich. Wenn sie einen beißen, pumpen sie Gift ins Blut, das einen nach kurzer Zeit tötet. Außerdem haben sie ungeheure Kraft. Sie können leicht zwei Menschen in die Luft heben. Sie können nicht mit Magie verletzt oder getötet werden, da sie mit einem ewigen Schutzzauber belegt sind. Die U'rak sind sehr selten. Vor langer Zeit wollte der Anführer der Zwörge, Bor'holt, ein Nest der U'rak ausrauben. Er unterschätzte die Vögel und kam bei dem Versuch um. Das Volk der Zwörge war wütend und begann mit der Auslöschung der U'rak. Nur wenige entkamen dem Zorn der Zwörge, denn sie waren unerbittlich gewesen.
B'rureks	B'rureks sind riesige Fledermäuse, die sich von kleineren Lebewesen ernähren. Sie haben große Fangzähne und lange Krallen.
LinQüt	Ein Gift der Menschen, das fast immer tödlich wirkt, selbst, wenn man den

	Getroffenen behandelt, bleibt immer etwas im Körper zurück und die Wirkung setzt nach einiger Zeit wieder ein.
Der'nod	Ein Metall, das leicht bläulich schimmert und mindestens dreifach so stark wie Edelstahl ist. Es ist jedoch auch nur ein Viertel so schwer wie Edelstahl.
Die Götter	Die Götter spielen in Ellvarín keine große Rolle. Und doch glauben alle Bewohner an sie. Es gibt die großen fünf. Der Hauptgott, Drawen, für die Gerechtigkeit, die Hauptgöttin, Selinia, für die Macht, ihre beiden Söhne, Lexas und Tentas, für Sonne und Mond, und ihre Tochter, Merlinas, für die Liebe. Dazu hat jedes Volk seinen eigenen Gott. Jede Stadt hat einen Tempel, wo die Götter verehrt werden.
Netumeks	Schreckliche Kreaturen aus dem Reich südlich von Al'fandel, die man nicht beschreiben kann. Sie bestehen aus einer schwarzen Masse und können sehr schwer getötet werden.